不听话的儿子长大了

南山野莓◎著

台海出版社

图书在版编目（CIP）数据

　　不听话的儿子长大了 / 南山野莓著 . -- 北京：台
海出版社，2021.4
　　ISBN 978-7-5168-2937-0

　　Ⅰ . ①不… Ⅱ . ①南… Ⅲ . ①日记－作品集－中国－
当代 Ⅳ . ① I267.5

　　中国版本图书馆 CIP 数据核字（2021）第 055720 号

不听话的儿子长大了

著　　　者：南山野莓

出 版 人：蔡　旭
封面设计：晴海国际文化
责任编辑：姚红梅

出版发行：台海出版社
地　　址：北京市东城区景山东街 20 号　　邮政编码：100009
电　　话：010-64041652（发行，邮购）
传　　真：010-84045799（总编室）
网　　址：www.taimeng.org.cn/thcbs/default.htm
E - m a i l：thcbs@126.com

经　　销：全国各地新华书店
印　　刷：天津中印联印务有限公司
本书如有破损、缺页、装订错误，请与本社联系调换

开　　本：880 毫米×1230 毫米　　1/32
字　　数：151 千字　　　　印　　张：6.75
版　　次：2021 年 4 月第 1 版　　印　　次：2021 年 4 月第 1 次印刷
书　　号：ISBN 978-7-5168-2937-0
定　　价：49.00 元

孩子不会按照父母想的样子长大
而是照着父母的样子长大

写在前面的话

❧※❧

儿子出生以后，除了工作我的精力都在家里，没时间关注家庭以外的世界，眼里只有儿子，他的一笑一颦、一举一动让我开心，他咿呀学语、蹒跚移步让我惊喜。我曾在书上看到一句话："三岁之前是最重要的教育期，五岁是极限，以后就晚了。"因此我与他交流，对他说话，告诉他这是什么，指给他那是什么，为什么是这样，为什么是那样，不管他能不能听懂。起初他用眼神迎合，后来"嗯""啊"地附和应答，再后来他能说话了，就不停地问："为什么？"他奇特的问题，天真的语言，我觉得好有趣、好新鲜，于是萌动了要把这些话语记录下来的欲望，我想把这段不再重来的美好时光像醇酒一样珍藏起来，留待日后慢慢品尝，细细回味。

儿子稍稍长大，我开始给他阅读。一天我们翻开埃·奥·卜劳恩的《父与子》，我给他讲漫画里的故事，儿子突然对我说："妈妈，我们记'母与子'吧，但是我不想让你记那些不好听的话，或者不高兴的事情，只记高兴的事情，好笑的事情，就像《父与子》一样。"儿子的话给了我启发，遗憾的是我不会画画，只能用文字写下"母与子"，于是我追随儿子，一路记下他的成长历程。但是，"不好听的话，或者不高兴的事情"我都记了，他的欢乐、他的执着、他的烦恼、他的追求，以及陪伴他成长的我的喜悦、我的焦虑、我的欣慰、我的思考，都在其中。

如今儿子已长大成人，再回看这些文字，我有了把它编辑出版的想法。作为一路陪伴孩子成长的过来人，我想在书中传递一个信息，劝慰那些家有不听话的孩子，当下还在忧心忡忡的父母，不用着急，不必担心，孩子会慢慢长大。将来某一天，你会发现，他不是别人说的那么不堪，不是你想象的那么无能，是你多虑了，人生无限宽广，他会走出一条属于自己的路。孩子就像银河中的一颗明星，会找到自己的位置，在那里发光、闪耀。

目录

童言稚趣

1

快乐时光

2

心钦如泥

3

一片树叶

4

不听话的儿子

5

不听话的儿子
长大了

6

童言稚趣

1

～～～～～～～～～～～～～

"童心"有一种对人、自然、宇宙等事物的清新的感受性，是在大宇宙中自然地进行呼吸和对话的体现者。

——池田大作（日）

鼻　罩

儿子感冒了，出门前我给他戴上口罩。

他问："妈妈，为什么不叫鼻罩，要叫口罩呢？口和鼻子不是都遮住了吗？"

他在玩弄他爸的一个领带夹，问道："为什么不是鲨鱼牌？一定要是鳄鱼牌呢？"

不听话的儿子长大了

离心力作用

儿子喜欢问为什么，我们就去书店买了一套《十万个为什么》，他很感兴趣，从此每晚读书时间都要我读这套书。

他在上厕所，完了叫我："妈妈，我解好了。"

"那就起来吧。"我进去给他善后，一看，并没有。

他也看了看马桶，说："没解。嗯，是离心力的作用。离心力超过了地球引力，所以向上跑了，就解不出来了。"一边说着一边做着向上的手势。

体积也有重量

家里的废旧报纸、杂志、纸盒什么的我都会积攒下来让人回收，废物利用既节约又环保。这天，我打电话请人上门来收并提前把纸盒踩扁，便于人捆扎携带。

儿子蹲在一旁说："妈妈，以后卖纸盒时别把纸盒踩扁，因为里面有空气，空气是有体积的，体积也有重量，踩扁了重量就轻了。"

我哈哈大笑，我的小boy看到了纸盒里的科学，还有它的价值。

家 属

我带着儿子去附近一处ATM机取款。

我正在输入密码。

儿子问道:"妈妈,你取钱的密码是多少呀?"

我笑着说:"密码就是保密的呀,不能告诉别人的。"

儿子认真地说:"家属也不能告诉吗?"

我笑了。儿子知道"家属"了,并且知道他是我的家属。

假 哭

儿子上幼儿园近一个学期了,刚入园时的情绪波动已渐渐平息,只是每天中午"想妈妈"时还会淌眼泪。晚上我帮他洗漱时,我再劝他。

"爱哭的小孩老师是不喜欢的。"

儿子说:"爱哭的小孩老师要批评的。"

"对。"

"不哭的小孩老师要表扬。"

"是的。"

儿子眨巴着圆圆的眼睛,说:"但是也有不表扬也不批评的。"

"那是什么？"

儿子："假哭。"

买那么多化妆品也没用

吃过晚饭，他爸躺在床上看《译报》，儿子坐在他边上翻弄一本书。我在厨房准备第二天的菜。

他爸突然大声叫着对我说："你听着啊，'皮肤最喜欢的十种食物'：1. 西兰花，2. 胡萝卜，3. 牛奶，4. 大豆，5. 猕猴桃，6. 西红柿，7. 蜂蜜，8. 肉皮，9. 三文鱼……"

"哈哈哈哈，"儿子听到三文鱼便大笑起来，"妈妈不吃三文鱼，买那么多化妆品也没用。哈哈哈哈……"

他爸听了心花怒放，"听见没有，儿子说你不吃三文鱼，买化妆品也没用。"

我切着菜，暗笑，儿子能把化妆品与皮肤联系起来，把用化妆品与吃鱼联系起来。

方便你还是方便

卫生间里。

儿子坐在马桶上，我对着镜子试戴刚买的发夹。

我问儿子："你说我是把头发夹起来好呢，还是放下来好？"

儿子盯着我，问道："你夹夹子是为了方便你，还是为了方便？"

"什么意思啊？'方便你''方便'的，像绕口令。"我笑他。

"哎呀，就是为了方便你，好看；还是为了方便？"儿子不满我不解他的意思，拉着长调说。

我大笑，"为了好看，为了好看。"

"你放下来让我看看。"

我披下头发。

"还是放下来好。但是不要把耳朵露出来。"儿子指点了我。

万事成陀螺

儿子上学了。晚上，我和他一起收拾书包。问道："老师今天给你们贴红旗了吗？"（贴在墙上以示嘉奖的小红旗）

"哎呀，老师是今天拖明天，万事成陀螺哎。"

我哈哈大笑："不是陀螺，是蹉跎。"

他记得我给他读过的《明日歌》。

不听话的儿子长大了

写小名

儿子在写作业，我提醒他在本子上写上自己的名字，可是练习册上姓名处所留的位置太小。

儿子说："写不下啊。"想了想又说，"那就写小名吧。"

我大笑。他觉得写小名位置小就够了。

我又提醒他："还有班级要写上。"

"班级就别写了，又不给校长看。"

他认为给校长看才要写上班级。

你有五个胎

大年初一。

他爸开着车，我照常坐副驾驶位置。

我问他爸："梁设和小梅都是独生子女吧，那他们可以生两个孩子了。"我们谈论的是一对新婚夫妇，他俩来我们家拜年了。

坐在后排的儿子马上说："我们也生两个吧。"

"我们不是独生子女，我和你妈妈都有兄弟姐妹。"他爸回答道。

"比如你就有五个胎。"儿子对他爸说。

我们哈哈大笑，他把五个兄弟姊妹叫作五个胎。

亲热细胞

儿子又腻偎在我身上。

我说："你怎么不去跟爸爸亲热呀，是不是觉得爸爸对你要求更高，妈妈要求低呀？"

"不——是——，你身上的亲热细胞多哎。我更喜欢你嘛。"

我大笑。

我只吃了七成饱

吃过晚饭，他爸让儿子收碗。

"儿子，你收下碗吧，爸吃得太饱了，不想动。"

"吃得太饱了就更要动哎，可以减肥呢。我只吃了七成饱。"

他爸大笑道："你这臭小子。"

父子俩笑着一起收拾碗筷。

不听话的儿子长大了

朱可夫不是以少胜多吗?

饭桌上正在吃饭的儿子满头大汗，脸上还留着一道道汗渍，兴致勃勃地给我讲学校的事情。看着他俊气生动的脸蛋，我打心里喜欢，没生孩子之前我脑子里想的男孩子就是这个样。

"今天中午我在玩沙的时候，跟一（四）的同学打起来了。"

"打架了？"我的语气略带一点惊讶，但尽量保持平静。

"也没有真的打，就是互相扔沙子，他们拿沙子扔我，我拿沙子扔他们。"

"他们？他们是几个人？"他爸问。

"他们四个人。"

"那你真傻，人家四个人，你一个人，怎么打得过呢，你寡不敌众啊。"我说。

"我打不过他们我就叫贾通帮我打，反正贾通会打架。"他俩在幼儿园时同班。

我们哈哈大笑。

他爸问："他帮你打了吗？"

"帮我打了。"

我们又笑。跟他说不能打架，要玩就好好玩。

"干吗打起来呢？"

"就是抢沙子，他扒我的，我又扒他的，就打起来了。”

我说：“你一个人怎么打得过人家四个人呢？你是一比四啊。'好汉不吃眼前亏'，你要赶紧撤。”

“你不是说朱可夫可以以少胜多吗？”

我们又笑了。

“傻瓜，朱可夫人少也有十几万呀，你是一个人的力量。再说就是因为人少他没有强攻而是智取，采取突袭的办法消灭敌人。要是面对面交战，一个人对付几个人显然不行。”

儿子想到了朱可夫。前段时间我给他讲了“二战”时期苏联将领朱可夫的故事。

这是迷信

因为一个问题儿子跟他爷爷争执起来。

儿子对爷爷说：“你这是迷信。”

“迷信哪，才不是迷信呢。”爷爷不服气。

我制止儿子：“别乱讲，一年级的小孩子，你懂什么是迷信？”

儿子说：“迷信就是把传说当真。”

我和他爸笑，觉得他说的有一定道理。

不听话的儿子长大了

老师是新一代人

一年级下学期即将结束，学生们进入总复习阶段，这段时间老师让他们大量做习题、试卷。

儿子这天带回来的语文作业是听写词组。我看他的作业本上有两道错题，老师要求订正，一个是"鱼网"，一个是"要人"，"要人"打了叉之后涂去了，又打了一个红钩，我问儿子是怎么回事？

他说："老师开始说'要人'是错的，下了课后我就跟老师说，字典上有这个词，是'重要人物'的意思，后来老师又把叉涂掉了，重新打了一个钩。"

"那'鱼网'怎么又要订正呢？"

"老师说'鱼网'应该有三点水。我告诉老师我们家的字典里没有三点水。汪老师说，让我明天把字典带去给她看。"

我翻开字典又看了一遍，词条上写的是：鱼网，打鱼用的网，也作"渔网"。

我说："是不是老师的字典上有三点水呢？"

"可能。那她的就是新版字典，我们家的是老版字典。汪老师是新一代人，她没见过这个字典。"

我听了笑起来。汪老师很年轻，一位刚从师范毕业的年轻教师。

后来又一次作业，用"商"组词，儿子开始写了"商丘"，他想想说："我还是不写商丘吧，怕老师不知道打我错。老师办公室里也没有《辞海》，她查不到。"

儿子好可爱。

男的又不生孩子

餐桌上，我给儿子剥虾。

我说："听人讲带虾仔的虾更好吃，也不知道吃了对身体更好还是更不好。"

儿子纠正我："是更有益还是更无益。"

"对对，是更有益还是更无益。"

"虾仔应该女孩子吃，女孩子吃了就可以多生孩子。男的可以不吃，男的又不生孩子，男人生孩子那不是很奇怪吗？"

这年儿子七岁，二年级。

男女都一样

儿子入睡前要我给他读《上下五千年》，我挑了一篇"武则天"给他讲。当讲到武则天为了争夺皇后的位置亲手掐死自己的女儿以嫁祸皇后时，我对儿子说："中国几千年的封建传统都是重男轻女，认为儿子可以继承皇位，可以传宗接代。那你喜欢女孩儿还是男孩儿呀？"

儿子一本正经地回答："男女都一样。女的没有男的不能生孩子，男的没有女的不能繁衍后代。"

看他老成天真的样子，我忍俊不禁。

儿子年长了一岁，知识也长了，知道男女在一起才能生孩子。

脑子里埋伏了话

儿子是个开朗活泼的孩子，平日里话特别多，喜怒皆形于色。在校老师都说他话多。数学裘老师说："每天都有那么多的话说。你们在家是不是不让他说话呀，憋到学校就使劲说，上课也说。"听到这话我就忍不住想笑，老师也是笑着告诉我的。

他写作业时又要跟我说话，我催促道："快写嘛，怎么那么多的话呢？"

"哎呀，我脑子里就埋伏了这么多话，有什么办法呢？"

我又忍不住笑了。

狼也可以吃一回草

儿子上学后最喜欢逛两个地方，一个是书店，一个是河海路上的电脑城。

开学在即，书店内人山人海，每个收银台前都是长队。儿子按照老师的要求选了一堆教辅书，然后上楼去找软件，他要给他的笔记本电脑扩容。服务员说没有他要的"维士达"。儿子要我带他去河海路电脑城。

回家吃过午饭后我不想出去了，我对电脑城没兴趣，正好他爸回来了，就让他带儿子去。可是他爸说我一定要去，就是去逛逛也好，看看现代科技的发展，不然会落伍跟不上形势。儿子赞同他爸的观点，说我一定要去，可我还是兴致不高。

儿子说："妈妈你去吧——，狼也可以吃一回草嘛。"

我们听了哈哈大笑。我被儿子的话说动了，于是跟着他们父子俩"吃草"去了。

这年儿子不满十岁。

快乐时光

2

～～～～～～～～～

人在儿童时代会以极大的劲头学习和吸收一切，而且，在这期间会耕耘心灵的大地，建立人生的基盘。

——池田大作（日）

～～～

快乐的时光

儿子刚学步时，还不能独立行走，就对家里的VCD特别感兴趣。那段时间每天摸索着走到电视柜跟前，一次又一次地去按VCD的光驱按钮，他盯着光盘驱动器推出缩进，缩进推出，看得眼睛放光。

三四岁时带他去动物园，看过鸟兽，再去水族馆看鱼。水族馆布置在一个长长的"黑洞"里，巨大的鱼缸一只挨着一只，鱼缸里的水在灯光的照耀下清澈明亮，各式各样、色彩斑斓的鱼儿在水中游荡，美不胜收，令人目不暇接。儿子一个一个地看鱼缸，看鱼缸上的日光灯，看日光灯上的电线，他没在看鱼。他跟他爸说："这几个鱼缸的电线是连在一起的，那个电闸管这几个鱼缸，那几个鱼缸又是另外一个电闸。"他的兴趣点不在鱼。

或许是出于理工男的敏感吧，看鱼回来不久，他爸给儿子买回来一大盒刚刚上市的价值不菲的电子积木，里面有一些元器件，比如导线、二极管、电池、电阻、电容、开关、喇叭、集成块等，这种电子积木可以拼装出各种有趣的电路。在大人的指导下孩子自己动手将这些元器件安装在电路导线上，电路导线由一些长短不一、带子母扣的塑料小条制成，子母扣将这些塑料小条连接起来就接上了电。根据说明书上提供的电路图，拼装各种不同的电路，每拼成一种电路就能听见、看见小电器发声、发光、运动，比如灯泡闪烁、蜂鸣报警、门铃"叮咚"、风扇转动等，儿子不懂电路，但拼装出的各种电路在他面前呈现不同的状态，把他带入了一个奇妙的电子世界，他十分感兴趣，爱不释手，坐在地板上可以几个小时不动，憋不住了才往厕所跑。那套玩具其实超出了一个三四岁孩子的年龄，他力气也不够，子母扣他摁不下去，起初需要大人帮忙。这套电子玩具伴随了他整个童年。儿子上中学后我几次想处理掉，零件也不全了，他不同意，还要留在身边，直到他高中毕业出国留学，还带了几个电路导线走。我笑他干吗还带这个，他说也许还有用呢。我想他应该是用不上的，但那里面有他的童年，有他的欢乐，有他的记忆。

儿子喜欢电器，他小时候最喜欢玩的地方不是动物园、游乐场，而是电器城。那时候还没有电器专卖店，多数是在大商场的顶层设置一个"电器城"。儿子可以在上面待上一整天，不知疲倦，不想回家，对每一种电器都要摸一摸，打开看一看。他看见洗衣机，让我抱他看里面的转筒（那时还没有滚筒洗衣机），恨不能把头栽下去。那是儿子幼时最快乐的时光。

难怪爸爸这么聪明

儿子上学了，临近期末考试。不满七周岁的孩子每天用脑在十小时以上，我看着心疼，可又无奈，考试需要高分，高分就意味着用功，苦读，这些天日日测验，天天考试。

看着儿子疲劳犯困，我就想给他补充点营养，保护大脑，让他有充沛的精力迎接考试。怎么个补法呢？小孩子又不能吃补药，只能在饮食上动脑子。

我中午下班后，顶着烈日匆匆到菜场买了点瘦肉，想做点肉饼给儿子吃，优质高蛋白对身体有益。卖肉的说，做肉饼不能太精瘦，否则吃起来像木渣。我觉得有道理，于是加了点肥肉。

看着儿子吃得津津有味，我很满足。对儿子说："妈妈特意买了有点肥的肉，给你补补脑。"

儿子听了认真地说："难怪爸爸这么聪明，原来是胖的原因。"他解释道，"胖子嘛，脂肪多，通过血液循环脂肪就流到脑子里去了，所以聪明。"

二十四小时营业

儿子七月份出生，在班上年龄算小的，心智比同龄人更小，仍像个幼儿园的孩子。他就读的实验小学这个校区没有操场，只有几栋楼房，地面铺的是水泥。入学第一天，课间时间他蹲在一个角落里搓泥条，那种忘我的状态如入无人之境，哪里想到这是在学校，而他已经是一名小学生了。

一位老师走进教研室，对其他老师说："不知哪个班上一个学生在地上玩泥巴呢，那个投入啊！"

"泥巴？"

"我们这有泥巴吗？"

老师们好奇地出来看，汪老师认出是她班上的学生，把他叫了过来，问道："你在哪里找到的泥巴？"儿子圆圆的大眼睛一眨一眨，并不知道自己不该玩泥巴，得意地说："那边，就在那棵树下面。"那棵树种在水泥中间，树根边上有一小圈泥巴。老师哭笑不得。

汪老师告诉了我，她没当笑话说，我在心里却直想笑，我了解儿子，他的心智还没到入学的年龄。

小学生放学早，特别是一、二年级的孩子，三点左右就放学了，我要在下班以后才能接他回家，所以只能把儿子寄放在校园边上的"小饭桌"。放学后阿姨把孩子接到她家，看管孩子写作业，等待家长下班来接。

我去"小饭桌"接他，阿姨又告诉我他的趣闻：儿子上完厕所又忘记拉上裤门了，看他的阿姨开玩笑地说他："你的'商店'又开门了。"以前阿姨也经常这样逗他，起初他只是憨憨一笑，赶紧拉上拉链。时间长了，他就接过阿姨的话："我的商店二十四小时营业。"这次见他拉上了拉链，阿姨又逗他："现在不营业了？"他说："现在关门了，倒闭了。"

结婚纪念日

他爸开着车。

儿子突然问："你们俩的结婚纪念日是哪天呀？"

"五月二十九日。"我答。

"问这干吗？"他爸问儿子。

"《品德》书上要填的。你们结婚几年了？"儿子又问。

"这个也要填吗？"

"这个不填。但是我想知道。"

我随口说："十几年吧。"

"十几年呢？是十一二年，十三四年，还是十七八年？"儿子穷追到底。

他爸说："十一二年。"

我说："十七八年。"

儿子说："这还差不多。"

"差不多是什么意思？你认为是长了好，还是短了好？"

不听话的儿子长大了

"当然长了好，短了爱情就小了。你们两个人那么好，肯定不止十一二年。"

我们哈哈大笑。

吃牡蛎

周日，他爸去市场买回几斤牡蛎。蒸熟后的牡蛎又鲜又嫩，我们仨大快朵颐，就着姜醋吃得津津有味。他爸说："看来牡蛎还是小的好，小的肉并不小，大的肉也不大，买小的更划算。"

儿子说："其实买小的只是短暂的占便宜，如果把小的都吃了以后就没得吃了。而买大的能维持生态平衡，以后可以永久地吃，因为小的长大了可以再繁殖。如果小的吃完了，以后牡蛎就没有了。"

100 吨水

我在厨房忙着，不小心让锅盖掉地上了。锅盖的钢材虽好，但不禁摔，锅盖的边沿扭曲了。这已是第二只锅盖被我摔坏了。我跟他爸说，要去商场处理了。儿子听见对我们说："我建议你们还是不要去换。你知道生产一吨钢材需要多少吨水吗？100吨水呀，造成多大的浪费啊！"

我还是第一次听到这种说法："你怎么知道？"

"书上写的。"

我觉得儿子好可爱，这么小就有环保意识，说出话来有凭有据。

我们告诉儿子，准确讲应该是送去修理，由商场送到工厂去，修好了商场会打电话通知我们。

儿子听了放心了。

参赛·义卖

三年级下学期"五一"长假期间，儿子参加了两场活动，一是CCTV组织的希望杯全国英语大赛复赛，二是英语培训机构举办的献爱心义卖活动。

大赛复赛在电子公司五楼举行。这是一个不大的房间，三位评委老师并排而坐，其中两位中方老师一位外籍老师。在评委旁边还有两名工作人员，一位计时，一位让参赛选手选题。他们面前的桌上放着三个小纸盒，分别写着时间、地点、人物。小选手在三只盒内各抽取一张卡片，根据卡片内容编说一段英语故事，准备时间三十秒，演说时间两分钟。儿子不认识卡片上的"蚯蚓"单词而编说了一段文不对题的故事，加上紧张，语言也不够流畅，当时我们估计分数不会高，这场比赛他应该止步于此了。

其实我们本来也没抱希望他能拿奖，只是给他一次锻炼的机会，让他见识一下场面，感受一下考场气氛，知道竞赛是怎么回事；还有一个更深层的意思是让他知道天外有天，山外有山，通过参赛看看其他同龄人学得怎么样，明白切不可自满，他远没有达到可以骄傲的程度，还要继续努力。

中午十二点多出考场，我问儿子感觉如何，他不知天高地厚地说："97.5。"我听了大笑，太不着边际了。他参赛的小学B组初赛成绩最高88分，那孩子比儿子大一岁，还有两年海外生活经历。

我们赶往少年官，参加儿子所在的课外英语培训机构举办的义卖活动，培训机构的中外老师几乎都去了。由于时间匆忙我们没带多少东西去卖，而有的家长带了不少物品。儿子在这种场合显得异常活跃，一点不怯场，不停地用英语叫卖，一个摊位叫到另一个摊位，推销他手里的商品。儿子兴奋，开心，大汗淋漓，他乐意展现自己，引人注目。我在一旁看着他，心里有说不出的喜悦。不少家长看着自己的孩子不说一句话，对孩子说："让那个小朋友帮你推销，他一定能卖出去。"

儿子将义卖所得捐了出去，尽管数额不大，但他献出了一份爱心。

忙碌的暑期·成功的喜悦

三年级结束前，我与儿子商定的暑假计划基本没能执行，主要是情况在不断变化，计划也跟着不断改变。原定暑假什么班都不报，什么课都不上，他就在家好好休息，在家多读点书，读些平日想看而没时间看的课外书，英语阅读也一样，随性而为，想读什么读什么。

可是期末考试结束后，儿子说，信息课即计算机课（QB）他很感兴趣，一定要报名，又说暑期奥数班的内容有些章节是开学后的秋季奥数班不讲的，要去上课，不然下学期就听不懂跟不上了。孩子这么好学我们当然高兴，就给他报了名。

放假后，我又听一位家长说，有一个作文班不错，自从孩子上了课以后，作文大有长进，那孩子还报了习字班。我们一听，觉得作文班是应该报，马上升四年级了，作文对语文来说举足轻重啊。又想到儿子平时书写潦草，写字可以训练他的认真，于是又给他报了习字班。这两个班的上课时间都与学校的两次暑期活动冲突，一次是去乐平山做志愿者拾垃圾，一次是假期中间返校。两个活动儿子都很想参加，能和多日不见的同学见面是件快乐的事，但是因为要上课我们向老师请了假，儿子为此伤心地哭了。说实话，看见他哭我心里不好受，前面两个班是儿子自己想学自愿报名的，后两个班是我们加上去的，儿子没有怨言。可是因为这两个班影响他参加活动，他毕竟是孩子，何尝不想体验一下当志愿者的感受，并且还能和同学们在一起玩。这些话我没说出来，我克制住自己的情绪，安慰儿子以后还有机会。

这么一来，儿子暑期报了几个班：奥数（奥语）班十天；信息班第一、第二期各十二天；作文班（夏令营）全封闭六天；习字班十二天，加起来五十二天，若不是有交叉在一起的上课时间和晚上的课时，整个暑假几乎都在上课了。儿子真不容易！

就在儿子四处奔波上课时，还发生了一件意想不到的事。儿子周末上课的英语学校让他报名参加口语比赛。我们当时没太在意，想他太忙了，有这么多课要上，这个比赛就不参加了。但他的一位来自加纳的外教老师通过中方老师联

不听话的儿子长大了

系我们，希望儿子一定要参加这个比赛。老师这么恳切，我们还能说什么呢，关键是儿子不怕辛苦，愿意去学校接受赛前培训，他喜欢这所学校，喜欢这位外教老师。

儿子经过两次培训，在初赛中胜出进入复赛。复赛中获得一等奖，儿子以第一名的成绩将与中学级别的一位同学代表本地区培训机构赴北京参加竞赛。为了这次比赛，老师又对两个参赛的孩子进行了一对一的强化训练。

这是我们没想到的。虽然这次参赛人员不多，取得第一名不足以说明儿子的英语有多好，水平有多高，但他能取得第一名，并代表学校赴京参赛，是老师、学校对他的肯定，会增添他的学习信心，意义本身比成绩更重要，我们为儿子感到骄傲。

爷爷听了很高兴，说他学得不错。外公听说后激动不已，特意打电话叮嘱我三件事：第一，孩子去北京要跟紧大人，不能走丢，千万不能丢了孩子，说他只有这一个外孙，这么有出息的外孙（虽然言过其实，但长辈那种护犊的心情我能理解）；第二，要注意北京的气温，不能让孩子受凉感冒；第三，要注意饮食，不能吃坏了肚子。八十多岁的老父亲怕自己说话时忘事，还梳理了一遍思路，拨通电话就说有三件事要交代，让我好感动。

比赛地点在北京大学校园内，届时这所培训机构在全国各大城市的学生都会齐聚北大进行口语竞赛，我们很高兴可以带儿子参观这所国人景仰的著名学府。培训机构为我们订好了车票，我和他爸决定陪儿子一起赴京参加这场"迎接奥运，挑战英语"大赛。

列车上，儿子激动不已，一直处于亢奋状态。他本来就想去北京，暑假因课程多，没能满足他的愿望，没想到他通过自己的努力，得到了去北京的机会。儿子文绉绉地说："在我过往的生命中，我去过零次北京。"

我们听了大笑。

九岁的儿子初尝成功的喜悦，他很高兴，我们更高兴。

《蓝猫淘气三千问》

除了《十万个为什么》儿子还喜欢一部动画片，叫《蓝猫淘气三千问》，它几乎成了儿子童年的至爱，这一爱就是多少年。这是一部"三千问"的科普动画片，知识面很广，天文知识、海洋知识、恐龙等动物知识、军事科技知识等，上自天文下至地理几乎无所不包，儿子就像片头曲里所唱的是个"爱想爱问爱动脑"的孩子。

电视台每晚播放一集，只有十分钟，起初他每看完一集就要大哭一场，因为片子太短他看得不过瘾。如果有事出去回来晚了错过播放时间他也会伤心流泪。于是我们给他买了一套光盘，这次儿子不再哭了，他看光盘，反复看，如痴如醉，看了一遍又一遍，看到耳熟能详，烂熟于心，能够讲解每一个知识点。

早晨我在阳台上晾衣服，儿子醒来，躺在床上问我一个问题："妈妈，地球不是有吸引力吗，那为什么我把吸铁石放到地上吸不住呢？"一个三四岁的孩子还弄不懂吸铁石的磁力与地球万有引力是两种性质不同的力。我知道他的脑子又在琢磨问题了。

见我没回答，他自己解释："是引力的吸引方式不同。

不听话的儿子长大了

一种是人造的,一种是天然的。吸铁石是人造的引力,所以吸不上。"这是一个幼小孩子的理解,我想随着年龄和知识的增长,他会弄懂这是两种不同性质的力,我不能保证自己能说清楚,他也未必能听懂,所以我没更正他。

一天晚上,他拿出几张红、蓝、黄、白、绿的彩色纸,用手电筒照着,交替看颜色的变化。

他说:"红、蓝叠在一起是紫红色;蓝、黄在一起是绿色;红、白叠在一起是粉红色;白、绿在一起还是绿色;蓝、绿是碧绿;红、黄是橘黄色。"

他根据光盘里学到的颜色调和知识,用电筒做试验。

选择男女

一次和儿子聊天,他说喜欢男孩,长大要生男孩子。我说生男生女可不是自己能选择的。儿子突然语气坚定地说:"可以。"

"怎么可以?"

"把男的X染色体抽掉不就可以了吗?"

"什么?"我很吃惊。

"女的不是两个X染色体吗,男的是XY,把男的X染色体抽掉不就是生男的了吗?"

"你怎么知道这个?"

"《十万个为什么》里面就有。"

我已经不记得还有这个内容。

"可是染色体怎么可以抽掉呢?"我笑着问他。

"能够发现就能够抽掉。"他信心十足地说。

"那都生男的，长大以后都找不到老婆了。"我开玩笑地说。

"想要生女的就把Y换成X不就行了。"儿子说这话时好像染色体是可以随意拆卸组装的积木一样。

我笑儿子的天真可爱，但想到"思想有多远行动就有多远"，我鼓励他："那你好好学习，等你长大了就研究它，真研究出来了说不定还能拿诺贝尔奖呢。"

儿子笑了，这年他三年级。

他写过一篇作文：

羽毛的自述

我是铅笔盒里一根快乐的紫色羽毛。我有一个同伴——绿色羽毛，我和它快乐地生活在铅笔盒里。

我的中间有一根从头到脚的软塑料管，我想这就是我们的脊椎骨了。我有好多的翅膀，是许许多多细腻柔美的绒毛，它们让我能在空中自由自在地滑翔。

我曾经被插到鸡毛毽子上，被我以前的小主人踢来踢去，痛死了。突然有一天，装载我的鸡毛毽被他拆散了，我飘到了新主人的课桌上。

现在，我的新主人对我可好了。下课了，他把我带到操场上，和他的几个好朋友玩起了吹羽毛的游戏。他们把我使劲向上吹，让我在高空翱翔。有时我掉到了地上，他们会立即跑过来捡起我，生怕我飘走。我感觉我能让他们放松、快乐，他们也给我带来了快乐。

哦，对了。我的老兄鹅毛大哥曾经可有很伟大的事迹哟。你知道吗，钢笔又叫自来水笔，它的第一代就是用鹅毛大哥做的。我的鹅毛大哥长得可高大了，它有一根粗粗的脊椎骨，而且里面是空心的，人们发现后就在这里面注入墨水，并在它的脊椎骨封口处扎上一个小洞，墨水就从里面流出来，这样就可以写出工整、漂亮的字了。世界上第一代自来水笔就此诞生了。

小朋友，你觉得我们羽毛家族是不是为人类做了很大的贡献呢？

马桶上读书

三年级的学生课业负担已经很重，做了一天的功课，晚上坐在马桶上儿子仍要我给他测试《综合知识》。测试的意思是我问他答，我读题目，他回答括号里需要填写的内容，答错了或者答不出来就要我讲给他听，他想把这些知识全部装进大脑。《综合知识》综合了天文、地理、政治、历史、文学、艺术、科技、电脑等各种知识，这是他十分感兴趣的一门功课，总说期末就要考《综合知识》了，他强调考试是怕我们不让他看，他知道只有说要考的我们才会让他看，不然又会被我们没收。《综合知识》作为辅课，考试分数不计入考核成绩，对学生、班级、老师影响不大。孩子每天有大量作业要完成，教材内的、教材外的，还有课外班的作业，这些作业已经挤占了孩子的睡眠时间，每天合上书本我就希望他赶紧上床休息，没时间再让他学习其他知识，所以儿子每天只有坐在马桶上才能读他心爱的书，有时为了读这本书一天坐几次马桶。我既难过又惭愧，狠心剥夺孩子的喜好。

时间已经很晚了。又临近期末考试，我们不想让他再看，他就说要大便。

他爸说："你哪里是要大便，分明是要看《综合知识》嘛。"

儿子毫不含糊地说："是。"儿子这段时间一天不看《综合知识》就像少吃了一餐饭一样不自在，大脑饿得慌。

我不忍心浇灭儿子的热望，又心疼儿子的睡眠太少，纠结地陪坐在马桶边上，给他测试了一个章节。儿子满足了，倚仗马桶赢得了一点属于他自己的快乐时光。

儿子爱科学，喜爱科幻动画片，比如《哆啦A梦》《快乐星球》。一次老师布置作文，他发挥想象将这两部动画片糅合在一起，写了一篇作文：

识破真假

有一天，哆啦A梦在街上散步。他走啊走啊，遇到了百变怪。多亏百变怪眼疾手快，在哆啦A梦看到之前一下子变成了哆啦A梦2号，他与哆啦A梦长得一模一样。

真的哆啦A梦这时才看到百变怪，但这时的百变怪早已变成哆啦A梦的样子，结果哆啦A梦发现自己前方还有一个和自己长得一模一样的人。他觉得很奇怪，因为他知道世上只有他一个哆啦A梦。

这时真的哆啦A梦一惊，马上又皱起了眉头，说："你这个冒充者，别以为人家不知道你是假的！"假哆啦A梦厉声驳道："你才是假的呢！""你是假的！""你是假的！""你才是假的呢！"……

突然，快乐星球人艾克从天而降，正好降到了真、假哆啦A梦的中间。他听到两个哆啦A梦争吵得格外激烈，就想去劝阻他们俩。可他觉得自己说任何一个人是假的，他都不会承认，于是就准备研究一个测谎仪。

艾克回到快乐星球后，就用自己的电脑录制了两条声波，一条是真话声波，一条是假话声波，并且保存了下来。接着，他就用电脑分析出两条声波的特点中的不同点，然后将这两组声波的特点与不同点注入一个有判断功能的芯片中，最后，艾克将一个喇叭装到了这个芯片上。这时，艾克认为他的测谎仪做好了，于是就把它带到了地球上。

艾克用测谎仪测了两个哆啦A梦，结果测谎仪说两人都是假哆啦A梦。艾克知道了仪器有问题，于是把它带回到快乐星球去修理。经过许许多多次实验、改动，终于把测谎仪修好了。艾克再次把仪器带到地球上，测试后终于得到一真一假的结果，艾克再用测谎仪的附加功能——还原灯把假哆啦A梦变回了百变怪的模样，并且严厉斥责了百变怪欺骗别人的行为。百变怪难过地走了，真哆啦A梦安心地走了。

老师给出了评语：这个故事内容生动，情节引人，反映了正义必将战胜邪恶的道理，写得很好。

科学课

周四下午是"延时班"时间，所谓延时班就是放学后学生可以继续留在学校，这是体谅提前接孩子有困难的家长，下班后再到学校接孩子。

这天，科学课的老师利用延时班时间上完一节课，打算继续再上一节课，补回被主课老师要求"调课"占去的一节课。这时班主任柳老师走进教室，她也想利用延时班时间再上一节语文课，于是与科学课老师商量能否把课时让给她。儿子坐在第一排，听见了老师的对话，喊了起来："继续，继续……"他想继续上科学课。同学们听见他喊，也跟着"继续、继续"地叫起来，教室一片"继续"声。柳老师朝儿子使眼色制止他，他像没看见一样，不管不顾。

儿子喜欢科学，其中最爱的是计算机科学。这是他写的一篇作文：

酷爱电脑的男孩

这是一个不满十岁的男孩儿，他有许多特长，像游泳、跳远等，但最厉害的还是玩电脑。

他只有两三岁时就看到爸爸妈妈经常用电脑，就觉得很奇怪。后来，他渐渐学着爸爸妈妈的样子也玩起了电脑。

他渐渐地对电脑越来越感兴趣，他爸爸因此给他买了一本叫《注册表编辑器》的书，他入迷般地看了起来，回到家就想读它，坐在马桶上也要捧着它。看了这本书以后，他的电脑知识丰富了，操作技能有了很大的提高。

学校做小报时，他用电脑做。他用一个叫vision的软件制作，这个软件也是office大家族中的一员。自从更新了这个软件，做小报变得更加方便了，因为这个更新程序里有各种各样的花边，这样就可以装饰版面让小报更漂亮。

他除了会用vision做板报，还是制作PPT的能手。他迷上电脑后，过了一段时间，又对幻灯片感兴趣了。他制作一些没主题的幻灯片，这一页是美术，下一页变成网络，再下一页又变成了地图……这些幻灯片里有好多音乐，现在他正想着在幻灯片里录制一个"宏"呢。

他还喜欢美化电脑。前几天，他在网上下载了一个叫"vista风格包"的软件，从名字上就能看出这是一个风格美化软件，优美的可视化效果都在它里面，把它好好地安装在电脑上可以让显示效果好许多。

这位酷爱电脑的男孩儿就是我。

老师对这篇作文点评道：写了自己爱上电脑的时间，学习的过程，举了三个例子，典型地反映了自己对电脑的酷爱和擅长，语言表达流利。

电脑迷

三年级的儿子已经迷上电脑，只要坐在电脑前屁股就钉上了，可以不吃饭，不睡觉，一会儿装个软件做个PPT，一会儿杀个病毒做个系统，没完没了。儿子对电脑的熟悉程度已超过了我，从他口里说出的电脑名词我多半听不懂了。

这两天他说家里的电脑有好多病毒，要杀毒，可是没想到电脑崩溃了，需要重装，结果周日忙了一整天，要他练琴也没心思。晚上近十点，我要他洗澡上床睡觉，明天一早还要上课。他爸换下他，儿子却不肯离开，眼睛盯着电脑。看他那么入迷，我只好拿毛巾给他在电脑边上洗脸。洗完脸拉他进卫生间洗脚，为了节省时间，我让他站在淋浴房边上，把脚伸进去一只一只帮他洗，刚洗完一只脚，他就要跑进书房去，我一把拽住他："还有一只没洗呢。"儿子说："少洗一只可以多看五分钟。"

摆弄电脑成了他的娱乐，坐在电脑前是他最大的快乐。除了学校以及校外"兴趣班"的课，他的课余时间都在电脑上。

看着他的痴迷劲，我想起胡适先生说过的一句话："一个人成就怎样，往往靠他怎样利用他的闲暇时间……你的闲暇往往定你的终身。"儿子的娱乐方式，不知不觉中决定着他的未来。

儿子在小学六年级时写过一篇《自我介绍》的作文，他对自己的认识是客观的。

自我介绍

我是一个聪明开朗的小男生，个子不高，IQ不低，样子长得蛮可爱，因此，颇受老师和同学们的喜爱。语文老师喜欢我上课发言，她常赞叹我发言精彩，有独特见解，那是因为我喜欢读课外书；数学老师喜欢我的聪明，他叫我"成仔"，不叫我名字，他对我的遗憾是"还要再认真点就好了"，但又对我妈妈说："那就可能没这么聪明，也就不是他了。"英语老师年轻可爱，我觉得她和我一样是个孩子，因为我对英语感兴趣就更喜欢她了。她上英语课的时候我就是她的"道具"，我坐在第一排，不论轮坐第一组还是第四组，她总是站在我身边，拿我举例练习句型，和我对话。记得四年级时我去北京参加英语口语比赛，她别提多高兴了，一再鼓励我，为我加油。

数学课我觉得富有挑战；英语的文化为我开启了世界之窗……这些我都喜欢。但我的至爱还是电脑，一天不碰它就手痒。我可不是只想玩游戏哦，我对电脑本身有浓厚的兴趣，这当然不仅是指几年的"QB"学习、编程比赛，主要是我对注册表和BIOS颇有研究，也因此成了班上的电脑小专家，老师、同学有什么电脑问题都会来找我。就在最近，我还给班上的电脑装了一个"影子系统"，老师再也不烦电脑总出故障用不起来了。我还是个小科学迷，对科普读物、小发明、机器人等都特别喜爱，我的一个小发明在全校科技月竞赛活动中获得了一等奖。

驱 蚊

白白嫩嫩的儿子特别招蚊，每到夏季便体无完肤。

又是一个夏天到来。儿子在房间写作业，我推门进去，一股风油精的气味扑面而来，只见他桌上放了一个迷你小风扇，风扇的进风口吸附了一张纸巾，纸巾上洒了风油精，这样风扇转起来风油精的气味便弥散开来，他想以此来驱蚊。大概觉得风扇力度小，风力有限，扩散的面积不够大，他在桌上还另外放了一只碗，碗里是一团棉球，棉球浸润了酒精，同时也洒上了风油精。他说酒精挥发得快，利用此特点，酒精挥发的同时也把风油精带着挥发出来了。棉球加风扇，两种方式让整个房间充满了风油精味。我问儿子这方法有效吗？他说不知道。我知道他的乐趣主要在享受这个小试验的过程。

不听话的儿子长大了

心软如泥

3

灵魂最美的音乐是善良。

——罗曼·罗兰（法）

妈妈，别说了

自从儿子能听故事了，我就每晚给他读书。这天和他看一册绘本，我指出了图中的错误：一只穿羽绒服的大狗熊正在吹电风扇，一只小鸭在雨中打伞，还有一幅图是一个笼子里关着一头大狮子和一个小朋友。我跟他说，小朋友是不可以和狮子在一起的，狮子是肉食动物，会吃人。儿子一听马上说："妈妈别说，别说了。"赶紧翻过这一页，他不要看这个画面，不让我讲。

快把图钉拔掉

这段时间他很喜欢埃·奥·卜劳恩创作的连环漫画《父与子》，到了晚上就让我给他讲。这天讲到一个"智擒坏蛋"的故事：一个蒙面坏人持枪闯入家里，父亲发现后想办法要捉住他，聪明的儿子为了帮助父亲，悄悄地在坏蛋前面丢了一颗图钉，父亲配合着儿子佯装退逃，坏蛋追上前，一脚踩在了图钉上，疼痛难忍，父亲趁势将他捆绑起来，坏蛋束手就擒。画面上的坏蛋被绑在地上，脚下的图钉分外醒目。

儿子叫道："快把图钉拔掉哎。"

"他是坏蛋啊。"

"不是已经绑起来了嘛。"

他认为坏蛋已被制服不能再作恶了，图钉应该给他拔去。

抓蚊子

儿子打小就招蚊子，白白嫩嫩的，蚊子特别喜欢他。每年到了夏天，他的脸上、身上、手上、腿上、脖子上，到处都被蚊子叮咬，小时候的照片，只要是夏天拍摄的，几乎每张都有蚊虫的印迹。

记得我们刚搬进清水小区时，当时周边一片荒凉，野草萋萋，屋里屋外到处是蚊子，"聚蚊成雷"。儿子体无完肤，每天抓挠不止，痛苦不堪。他爸买来蚊帐，又买回一个电蚊拍，誓将蚊子斩尽杀绝。

儿子见他爸要打死蚊子，大喊："别打别打，别打蚊子。"

他爸说："为什么不打死它？它咬你呀。"

"那就把它放出去，打开窗户，放出去。"

"放出去就咬别人了。"

"那就把它抓起来，它就不咬了。"

儿子不愿打死蚊子，一打他就急，于是他爸拿了一个塑料袋满屋子追蚊子，爸爸累得气喘吁吁，儿子一旁大笑不止。儿子见蚊子在袋中飞动，似乎放心了，至于它们结果如何他不会去想了。为此我撰文一篇聊以调侃。

捕蚊记

吾儿幼时，俊目秀眉，肤白粉嫩，人见人爱。蚊虫亦不例外，趋之若鹜，坐则叮，立则咬，如饕似餮。可怜儿身，赤豆点点，红晕连连。抓耳挠腮，烦躁不安。欲燃蚊香，气味难闻。其父悯儿，摩拳击掌，誓与蚊虫，不共戴天。小儿见状，顿而疾呼：不可打死，驱其屋外。贻害他人？那就捉住。儿心柔软，苍天可鉴。父从子愿，飞身捕蚊。登茶几，上餐桌，跃沙发，跨座椅，手舞足蹈，汗流浃背。父子童心，开怀不已。沙发裂，座椅倒，几案斜。蚊虫聚袋，上蹿下跳，不知大限将至矣。

秋风起，吹去炎暑热浪，蚊虫将息。其喙遗迹尚存，年年恨，年年悆。恨亦悠悠，悆亦徒然，不若见之捕之，灭之除之。

　　儿子两三岁时，我们搬迁新居，但恶蚊仍是嗜好于他。一次我帮他洗澡，见他身上到处是红印，给他抹上肥皂止痒。儿子问我："蚊子为什么总是咬我呀？"我说你是小孩子，肉香血嫩，所以蚊子总是叮你，有你在蚊子就不来咬我们了，就不喜欢年纪大的人了。儿子说："那我就化妆，把头发涂成白色，手里拿一根拐棍，蚊子就不来咬我了。"儿子的天真让我又心疼又好笑。

喜欢吃鸡腿

　　我带儿子去菜场，看见鲜活的草鸡就买了一只，并请菜贩处理干净。儿子见菜贩杀鸡，号啕大哭，菜贩吓了一跳。儿子边哭边喊："不要杀鸡，不要杀鸡，我不要吃鸡。"菜贩笑道："你这孩子大了要做菩萨。"儿子还在哭："你把它放了，快把它放了。"我对他说："鸡是菜，吃了有营养，长得结实。快别哭，羞不羞啊。"
　　儿子哭道："我不要营养，不要营养。"
　　"你不要营养，那别的小朋友都有营养都长高了，你就瘦小了。"
　　儿子说："大家都不要吃鸡，大家不就长得都一样吗？"
　　我哭笑不得，接过处理好的鸡，赶紧牵着儿子出了菜场。我蹲下来给他擦眼泪，问他："你喜欢吃鸡的哪个部位啊？"

儿子泪眼婆娑地说："我喜欢吃鸡腿。"

感觉不舒服

他爸在院里种了不少花果树，他将一株蜡梅种在了书房的窗外。阵阵幽香扑鼻，看书累了的时候，举目窗外，冰清玉洁的寒梅疏影横斜，那种感觉太好了。这株蜡梅的主干边上又叠生出了支干，主干支干紧挨在一起，为了让各自舒展开来，他爸就在主干和支干之间横架了一根木条，这样就可以朝两边倾斜阔长。儿子见状，说："这样撑着树会感觉不舒服的，把木条抽掉吧。"他爸见儿子如此说，笑着把木条抽掉了。在儿子眼里，树木也是凡身肉胎的生命，知疼知痛。

我不要枪了

儿子满三周岁了。我跟他说："以后别人问你多大了，要说三岁了，不能再说两岁多了。"他说："我几年以前是两岁多，今天三岁了。"看着他对自己年龄的理解，我直想笑。

我问他想要什么生日礼物。他说："要一个长长的枪，前面不要有灯，要像军人一样的枪。"我明白他的意思，想要一把逼真的枪，不是那种装了电池灯光闪烁伴着音响的玩具枪。

我说那种像军人一样的枪是没有卖的，因为太像真枪了。

"为什么？"

"真枪是会伤人的，只有军人和警察那样的公务人员才有。太像真枪了坏人可以用来干坏事。"他一听，马上说："妈妈别讲了，我不要枪了。"

儿子听不得伤人。

同桌扎的

开学伊始，为让儿子能过渡好新生入学期，养成良好的学习习惯，我把年假放在了九月，每日休半天，半天上班，半天在家，周末不算，这样加起来差不多有接近一个月的时间。小学生下午放学早，这样我每天可以去学校接他，回到家督促他写作业，检查作业，作业完成后才可以玩。我希望能在这段时间让他知道作为一名学生课余时间该如何支配。

九月九日。回到家让他去洗手，我放下书包，走进卫生间，见儿子放着水，并没洗，任水在手背上流。

我说："儿子，怎么不洗呢？"

他说："手好痛。"

"手怎么了？"我拉过他的手来看，手掌心上一块皮给掀掉了。"这是怎么弄的？"我一急嗓门就高了。

"是小宁用铅笔扎的。"儿子瞪大眼睛看着我说。小宁是他的同桌女生。

"她为什么扎你？你是不是招惹她了？"

"我没有，我没有招惹她。"儿子申辩说，"她文具盒里放了好多铅笔，问我尖不尖，我说尖。她就让我把手伸给她，她就扎我。"我相信儿子，幼儿园三年，他没有和任何一个小朋友发生过肢体冲突，有过动手行为。

"那你不会把手挪开吗？就让她扎呀！"

儿子知道我心疼他心里着急，轻轻地说："这一点点没关系的。你给我贴一块创可贴，明天就会好的。"

"没关系？你不是叫痛吗？"

儿子只有一点痛是不会说的，磕着碰着，身上青一块紫一块从来不言语。

我在他嫩嫩的手心上粘了一块创可贴。我紧紧抱住儿子，我善良的儿子。

同桌女生

开学一个多月了，这天发现儿子圆嘟嘟的脸蛋上右侧有一道痕，像被指甲划过，还肿起了一个小包，我急忙问："儿子，这是怎么弄的？"儿子看了我一眼，支吾着不说话。

"你快说呀，怎么弄的？"

儿子看我要急了，怯怯地说："我不记得了。"

"怎么会不记得，你不痛吗？跟人打架了？"

"不是的，我没跟人打架。"

"那是怎么弄的？"

儿子声音又低了下来，"妈妈，我要说了你可不要生气呀，也不要批评我。"

"妈妈不批评你，也不生气。"

"你要保证。"

"我保证。"

"是小宁用铅笔戳的。"

"她怎么……又戳你！她为什么戳你？"我的声音不自觉地又高了起来。

"妈妈你说了不生气的。"

我调整了一下情绪："妈妈不生气。可是她干吗戳你呢？"

"老师要同学互相背课文，我没有背出来她就用铅笔戳我。"

我惊讶道："这要戳到眼睛怎么得了！铅笔那么尖。"

"不会的，她戳了一下我马上就躲开了。"

我看着儿子，真想说你为什么不还击她。儿子仿佛看出了我的心思，说："我本来也想戳她的，可是我的铅笔秃了。"我知道儿子不会这么做，他内心柔软，不会去伤害别人。他知道我心疼他才说出这句话来。我告诉他，会提醒老师以后手里不要拿着尖的东西。再说我也不能鼓动儿子去反击，都是小孩子，不知轻重，万一真伤到对方怎么办。

儿子见到我笑了，拍拍我的脸说："妈妈你别生气，别生气，没关系的。"

"那她不能总是这样啊，一而再，再而三地伤害你。"我把儿子拥进怀里，紧紧地搂住他，让他放心，妈妈不生他的气。

儿子说："从今天起她如果再伤害我，我就不跟她玩了。"

这就是儿子的反击。

好奇怪啊

这是儿子刚入学时的一件事。

儿子个子小，坐在第一排，教室不大而学生多，加了一排座位，因此位置很靠前，感觉就在老师眼皮底下。语文课汪老师正在讲一篇课文，声情并茂，最后低声说道："小蜜蜂折断了翅膀，再也飞不起来了……"儿子看着老师，眼泪唰唰地流下来，他是想到了小蜜蜂的结局，再也飞不起来，不能回到蜂巢里去了，不能活了。

放学后我去接儿子，遇见了汪老师，她是班主任，她描述儿子上课时的情形，笑着说："满脸都是泪啊，哭成那样，不知道怎么回事。"我知道怎么回事，这是课文内容触到了孩子内心的柔软之处。

儿子写过一篇作文：

永远的悲伤

星期六的傍晚，天阴沉沉的，还不时飘着细雨。两只

不听话的儿子长大了

家燕在马路上无忧无虑地嬉戏着。突然，一辆大货车呼啸而过，我的心一紧，禁不住闭上了眼睛。我知道不幸的事情马上就要发生了。

过了一阵子，我睁眼一看，只见那只被压了的燕子四肢抽搐，双眼紧闭侧卧在地上。我本想上前救起这只燕子，可就在这时另一只逃过灾难的燕子飞了过来，呼唤着那只呼吸微弱的家燕。但那只已接近死亡线的燕子一声不吭，躺着一动不动。那活着的燕子便着急了，生怕它的朋友死去，于是它用力扇动着翅膀，希望风能让它的朋友苏醒过来。就这样又过了一阵子，这只家燕仍然一动不动。

活着的燕子知道地上的家燕已经死了，于是就用自己的体温去温暖它，用自己的翅膀去为它梳理羽毛，让它安息。

最后，这只活着的家燕恋恋不舍地含着泪走了，不时还回头看看，希望奇迹能发生。

这两只燕子的举动与感情之深让我十分感动。我们人类更要向它们学习，互相关爱，互相帮助，这样才能让我们的社会更美好。

改变遗传密码

儿子有颗善心，这颗心让他总想救人。

他爸有家族遗传的高血压，血压控制得不平稳，常有波动，我说这都与遗传基因有关。这些不经意的话儿子听见了。

一天他跟我说："妈妈，我最大的梦想就是要改变人的遗传密码，很多个子长不高的人可以长高，很多得遗传病死的人就不会死了，就能治好病了，就不会失去生命了。"他觉得这还不够，又说，"就是得了病死亡的人只要打了复活针也能救活，因为药水可以改变遗传密码。"他不忍心听到人死去。

他喜欢看挖土机、铲车一类的工程车作业。前阵子电视新闻报道一架飞机失事，机上人员无一生还，他看了之后说："我要发明一种能飞的抓土机，哪里的飞机要失事了，马上飞上去，把它一抓，抓到修理厂去，就不会失事了，等修好了再飞。"

儿子说这些话时那种痛惜的眼神、热切的神态，一直留在我脑海中。

仗义的孩子

一天上完体育课，儿子和男同学裴兹一起玩跳凳子，就是两张长条凳并排放着，中间留下一段空隙，从这张凳子跳到另张凳子上。裴兹逗他，趁他正在跳的时候，突然把一张凳子抽掉，他一脚踩空，重重地摔在了地上，左腿膝盖以下跌破了，流了不少血，裤腿也染红了。

校医务室的老师帮儿子处理了伤口。

裴兹吓坏了，见他流了那么多血连声道歉，不停地说："对不起、对不起。"

晚饭桌上，我问儿子："柳老师知道吗？"他一副男子汉的口气说:"我没告诉她。她根本不知道。"我夸他,"不错,儿子仗义!"儿子嘿嘿地笑了。我说:"同学是开玩笑,不是故意的,是没必要告诉老师,再说伤得也不是太重。"儿子不同意了,"伤得还是蛮重的,流了好多血呢。我只是不想让老师知道,我不想让老师管我们同学的事情。"我好想笑,他以为自己长大了,可行为还是个孩子,不然就不会玩这种游戏让自己受伤了。

晚上,裴兹特意打电话给我,一再道歉。我觉得这孩子不错,有家教,诚实,友善。

一片树叶

4

世上没有两片完全相同的树叶。

——莱布尼茨（德）

现在没吃饭

儿子从小说话严谨，跟他说话要精准表达。

早起我对他说："妈妈给你买了果冻，这次是一种大的，你喜欢吗？"

"喜欢。"

"妈妈拿给你。但是现在不能吃。"

"果冻是吃的怎么不能吃呢？"

"我是说吃饭的时候不能吃。"

"我现在没吃饭呀。"

"但现在是吃早饭的时间，妈妈是说吃饭的时间不能吃果冻，吃完饭以后吃。"

终于止住了他的小嘴。

不听话的儿子长大了

公开课

一年级下学期时，学校安排了半天公开课。所谓公开课就是欢迎家长进教室，观摩孩子们上课。

那天是汪老师的语文公开课。这是一间小礼堂，孩子们坐在中间，家长们坐在外围一圈固定的椅子上，可以拍照、摄像，但不要影响上课，家长们的手机都调到了静音，那时候还没有智能手机。

这一课上的是《蚂蚁和蝈蝈》。用多媒体上课，老师几乎不用板书，只在活动白板上写下了课文题目，课文内容有影像，有文字，有音响效果，全部彩色画面。寒冷的冬季北风呼啸，只听蝈蝈在哀鸣，身在教室仿佛置身于冰天雪地中，有种身临其境的感觉。

课文将蚂蚁和蝈蝈形成对比：蚂蚁在大夏天不辞辛劳，忙碌地劳动，为冬天的到来储备粮食；蝈蝈躺在浓密的树荫下舒适地纳凉歌唱。可是到了冬季，蚂蚁在温暖的洞穴里过着不挨饿不受冻的生活，而蝈蝈因为之前贪图享乐，没有劳动没有收获，只能在户外饥寒交迫地艰难度日。课文的主旨是赞颂蚂蚁的勤劳，批评蝈蝈的懒惰。

同学们在老师的引导下积极发言回答问题。儿子也举手了，他站起来说："蚂蚁也有不对的。"老师问："蚂蚁怎么不对呢？"

"它可以在秋天搬粮食，因为秋天是收获的季节，粮食又多，天又不热。"

"哈哈哈……"大厅里一片笑声，家长和老师都笑了。

我知道，儿子的回答不是老师想要的答案，也不是课文内容想要表达的意思。我没有批评他，他是自己在动脑思考，不是人云亦云随声附和，我心里是赞许的，但也没有鼓励他，我担心老师会因此不喜欢他。数学章老师也发现了他这一特点，她建议儿子学"奥数"，认为他的这种思维方式对学"奥数"有帮助。

到底有多长

我感觉儿子的思维方式是抽象的，他写作文一般没有形象描写。

一次老师布置一篇体验作文，他写了自己煎鸡蛋的过程。他写道："首先，我准备了一个鸡蛋、一些葱花和一勺油。然后，我打开电磁炉，把油倒入锅内……我拿起鸡蛋往锅的边沿上一敲，鸡蛋裂开了一条缝，我把鸡蛋举到十几厘米高，迅速把它顺着缝掰开……我等了七八秒钟就关了火。"我笑他这是一篇如何煎鸡蛋的说明文。

当老师布置非命题作文时，他写过《电脑解奥数题与人脑解奥数题的联系》《保护知识产权》等，当时儿子不足十岁。

有篇课文讲到土地广袤无垠，他不明白"广袤无垠"的意思就查字典，字典解释：广袤指土地的长和宽，东西长度叫广，南北长度叫袤。儿子看了以后不以为然地说："那到底有多长啊，也不写。"让人哭笑不得。

　　　　　不听话的儿子长大了

有天我在家给他榨橙汁。

儿子正在房间里写作业，他头也不回地"教导"我："水果榨出来要立即吃，不然就被空气氧化变色变味了。当然橙子会好些。"

"为什么橙子会好些？"

"橙子的水分子结构非常紧密，气体靠它本身的力量进不去，因此不容易氧化。"

晚上儿子和我睡，早上醒来，他的一双脚又架到我脑袋上了。我说："昨晚你又转了360度。"

他说："不对，是180度。"

"你转过360度之后又转了180度。"

"这是五边形内角和。"

我的同桌

三年级开学伊始，第一堂社会与品德课后，老师布置一篇作文，题目是《我的同桌》，让同学们互相写同桌的优点。

"但是我实在找不到她的优点。"儿子坐在我的电动车后，在我接他回家的路上对我说。他的同桌是个女生。

儿子对这位同桌存有不满，说她小气不借文具给他，而她忘记带的时候自己都借给她；说她占的桌面太大，自己只有一点点地方都不好写字了；说她把垃圾拨到他的座位底下，结果老师认为是他弄的，罚他扫一个星期的地，她开心地冲他做鬼脸；又说她上英语课不发言，有时老师要求同桌一起表演，他使劲拽她她也不肯起来，影响了自己……可以说积怨颇多。我对儿子说，你是男子汉，心胸开阔些，就让着她一点，她一定也有优点的，多看她的长处。儿子不服："老师说她的作文不通畅，是班上的四大金刚之一。"

我不明白他们班上有哪四大金刚，笑道："怎么会呢？每个人都有优点的，你想想看。再说你也有不足的地方啊。"

晚上，儿子完成了作文。说："老师规定要写二百字，我写了二百二十个字。"

我说："你还是看到她的优点了吧。"

他说："我就写我哎，按我身上的缺点来写。"

"写你的缺点？什么意思？"我没明白。

"我就找我的缺点，我身上有的缺点她没有，那就是她的优点啰。"

我大笑，觉得儿子好可爱。他爸直夸儿子聪明，不能从正面找到优点，就换个角度，换种思维写。

评比栏掉下来

儿子放学回来给我读了一篇他写的短文：

今天挂在教室后面的评比栏掉到了垃圾桶上面，很多人都视而不见，强乐还在上面踩了一脚。柳老师下午在班会课上发现了评比栏掉下来，上面还有一个脚印，就问我们："是谁在评比栏上踩了一脚？"同学们一声不吭，柳老师一个个查看鞋底，查出是强乐踩的。这件事说明了好几点：

1．双面胶质量不好黏性不够强。

2．强乐品德不好，故意踩评比栏。

3．同学们不关心集体，不知道捡起评比栏。

儿子按照老师的要求带回家读给家长听。

评比栏上是全班同学的名字，每个名字后面留有空白，空白处加盖红花印章，表现越好"红花"越多，反之则少，或者没有，甚至为负数，这样每个同学一学期的表现基本上可以从评比栏上看出来。

我说："你写强乐品德不好，这话有点重了吧？"

儿子听了嗓门一下大了起来："其实我觉得强乐不是故意踩评比栏的，是不小心踩的，他不是那种品德不好的孩子，上次我跌倒了还是他把我扶起来的。"

"那为什么要这么写呢？"

"不这么写我怕老师不高兴。老师说他是故意踩的，让我们写了一个个念。"

"在哪里念？"

"到老师那里念。四个人一组到老师那里念。老师要他重做一张，明天带到班上来。"

四年级的儿子已经有自己的判断了，但同时也学会了说违心的话。

动画片风波

中午十一点四十，随着下课铃声响起，上午的课程结束。接下来是午饭时间，教室一下从课堂变为饭堂，孩子们从抽屉里拿出自己备好的餐垫放在课桌上准备吃饭。每人一份菜是分好的，教室前面还有两只大铁桶，一桶饭，一桶汤，饭不够可以再盛，汤也可以随自己要，不过汤量有限，吃饭快的同学可以喝到两碗，行动慢就没了。

这天吃过午饭收拾完毕，一位老师利用午间休息时间给同学们播放动画片《猫和老鼠》，孩子们可高兴了，盯着教室前方悬挂的电视机，看得津津有味，不时地发出阵阵笑声。

这时数学老师走进教室"啪"的一声把电视机关了，节目戛然而止。老师说："大家把上午布置的家庭作业拿出来做。"

儿子还沉浸在动画片里，见老师突然把电视关了，放声大哭起来，哭得那么伤心，也不管教室里那么多同学看着他，老师看着他，只顾自己一个劲地哭，用柳老师的话说："号啕大哭啊，眼泪鼻涕拖了有几寸长。"柳老师当时并不在现场，但仿佛亲眼看到。我默默地听着，心里清楚，儿子不只是为老师今天关掉电视而哭，他对老师已有怨气，他平时就对我埋怨老师把他们的课余时间都占了，老师拖堂，这节课的老师还在教室里，下节课的老师已经站在教室门外了，课间十分钟休息没了，有时上厕所都来不及，三楼跑到一楼再绕到那个角落也得几分钟。儿子有次回家对我说："妈妈，我今天上完第一节课的时候好想上厕所，可是没上成。"

"为什么？"

"老师拖堂了，第二节课的上课铃已经响了。"

"那怎么办？"

儿子说："我使劲憋着……"

现在午饭后的休息时间，老师关了电视，老师的这个举动只是一个导火索，触及了他心中的委屈，他气恼，无奈，无助，他以哭来宣泄自己的情绪。老师关掉电视同学们当然也不高兴，但班上没一个同学像他这样，毫无顾忌地尽情大哭。

儿子回来对我说："我们信息课的老师还让我们在网上下载这部动画片呢，我们信息课的老师就说我们可以看。"

你们当然可以看，十来岁的孩子爱看动画片再正常不过了。《猫和老鼠》是美国米高梅公司1940年制作的动画片，举世闻名，经久不衰，老鼠与猫斗智斗勇，机灵可爱，动画表情丰富，充满情趣，许多成年人包括我在内百看不厌。但这些话我没说，我也不想儿子的学习落后于人。你想哭就哭吧，妈妈不笑话你，这是一个幼小孩子的纯真表现。一个没有童话的世界是多么枯燥、无趣，我希望他永葆一颗童心，池田大作说："成为孩子就是成为巨人。"

儿子刚上一年级时，一次晚饭桌上我告诉他爸："今天汪老师说儿子好懒。"

"怎么好懒？"

儿子抢着说："就是汪老师今天要我们做卷子，有一道题要写'喜欢'什么？我就写了两个字。汪老师说我太懒了。"

我说："这还不好写吗？你可以写我喜欢电脑，我喜欢上学，都可以呀。"

"我就是写的我喜欢'电脑'，汪老师说字太少了。"

"那你可以写'我喜欢汪老师的语文课，喜欢章老师的数学课。'"

"可是我不喜欢语文课。要写就写我喜欢数学。"

他爸说："那汪老师要生气的。再说语文学不好什么都学不好。"

儿子坚定地说："我就是喜欢数学。"

他只想把他的喜欢说出来，不想把不喜欢的说成喜欢。

操心娃

儿子喜欢数学，但数学裘老师也被他弄得哭笑不得。

那天我下班去学校接他，延时班放学比较晚。教室里只有少部分同学。裘老师还在教室里没走，她见我来了，笑着对我说："你这个儿子呀，真是拿他没办法，我没法上课了。"我急忙问老师怎么回事。"就在课堂上跟我争啊，说我的方法有问题，不应该这么算，他的方法才好。就这么跟我争啊争，争了二十几分钟。"我一块石头落了地，所幸不是什么大事。

我曾经看过一个视频《以色列人为什么优秀？》，视频说在犹太人的学校里没有一间教室是安静的，教室里都是闹哄哄的声音，老师教学的方法就是布置一个题目，分几个小组让大家去讨论、去争辩，挑起孩子探索知识的欲望。从小这么培养，以色列人养成了爱学习、好钻研的习惯，这就是那么多犹太人成为科学家、成为诺贝尔奖获得者的原因。

我对儿子说，有想法说明你思考了，这很好，但可以课后和老师探讨，不能在课堂上和老师争辩，影响老师上课，也影响其他同学听课。儿子听进去了，类似事件再没发生。

儿子不再和老师争论，但他的思维方式没法改变。

儿子喜欢QB，信息课就是学习计算机编程。为此我们带他到处上信息课，听说哪里新开了一个信息班，或者哪个信息班的老师讲得好，就给他报名送他去上课。儿子不觉辛苦，乐在其中，就是这样他也烦过老师。

每次上信息课他都要求早早地送他去学校，因为教室里有好多电脑，每个座位上都有一台电脑，他喜欢电脑。课后我们去接他，那位男老师非常生气地告状了，"你家儿子今天把我的电脑都拆了。"儿子不服气，"我看谁谁拆了我才拆的。"我们只能一再向老师道歉。

上车后他爸很生气，"你拆了电脑老师怎么上课啊？"

儿子说："又装上了。"

我太伤心了

周二的晚上，我上床时已经十一点多了，关上房门，隐约听见隔壁有动静，儿子还没睡吗？他当时困成那样，躺在床上都站不起来了，我就在床上帮他洗脸擦脚，不忍心把他叫醒，牙都没刷就让他睡了，现在已经过去一个小时了。我轻声开门，看见儿子正站在餐桌边上倒水喝，满脸都是泪。

我急忙问："儿子，怎么了？发生什么事了？"

儿子哭了出来，"我太伤心了，太伤心了……"

"怎么了？"

"你们不让我上机器人班我太伤心了。人家别的班的同学都在上，只有我们班两个人没去上。老师每次见到我都问，你……怎么……没……去……"儿子难过得说不出话来。

我给他擦眼泪，让他上床，深秋季节，他身上穿着单衣。

儿子站在床边上说："我已经哭了好久了。"我一看，枕头湿了一片，"老师问我怎么不去上课啊？我说我家长……不……让……我……"说着又哭起来。

我一下心软了，上机器人班也是儿子的兴趣。

我抱着儿子说："别哭了，我们明天就去上机器人班。明天一早妈妈给你把那只零件箱子拿出来，你带上去学校。"

儿子一听马上不哭了，很快入睡，他早已困倦不堪，是"伤心"啄醒了他的睡眠。

但后来我们还是说服了儿子，让他在信息课和机器人班之间二选一，毕竟是五年级的孩子了，面临小升初，将来还有中考、高考，没有太多的时间让他再发展其他业余爱好。儿子面对现实，舍下机器人，选择了他最心爱的QB。这是后话了。

不听话的儿子长大了

孩子的心声

周末，我正在拖地，儿子在自己的房间里写作业。儿子突然大哭了起来，我以为发生了什么事丢下拖把冲进他房间，儿子坐在书桌前仰头大哭，泪流满面，桌上是一本英语教材，他在写英语作业，我着急地问他："儿子，怎么了？怎么了？"我见他并没受伤，一边拿纸巾给他擦眼泪，一边吸干作业本上的泪水。

"到底怎么了儿子？为什么哭呀？"

儿子看着我，眼里又涌出了泪水，再看看书。我顺着他的眼睛看去，这是一篇英语短文，爸爸、妈妈和两个孩子，一家四口温馨地坐在客厅里，爸爸在悠闲地看报纸，妈妈在编织毛衣，两个孩子开心地各自玩着自己心爱的玩具……我明白儿子为什么哭了，他是看到这样的场景，触景生情，想到自己没有这样的悠闲时光可以玩乐，没有时间做自己喜欢的事，每天有做不完的功课，他伤心难过地大哭了起来。

我抱着儿子，十分理解他的心情。我没说话，只是抱住儿子，轻轻拍拍他，安慰他。儿子渐渐平静下来，继续写作业。

儿子渴望没有作业的时间，为此，他梦想一年能有一个这样的节日，一年能有一天让自己尽兴尽情地玩耍。他四年级时写了一篇这样的作文：

令人开心的捣蛋节

我想设立一个捣蛋节，时间就定在每年的六月二日。捣蛋节要放一天假，孩子们在家中与家长在一起玩，但是要捣乱，让父母啼笑皆非。

现在，高年级学生作业繁多：很多班级早晨都要早读，老师晚上都会布置4-5项作业，而且在作业中常常包含预习、《评价手册》、课堂本等大型作业；刚刚入学的低年级学生很贪玩，幼儿园时虽然也有一节课40分钟的规定，但他们毕竟每节都是游戏课啊！

有了这个节日，可以好好玩耍，与父母一起互相捉弄，等六月三日回到学校后，大家在一起交流这些趣事，分享快乐。

这些制造出的趣事中特别好笑的可以记在摘录本上，永久地珍藏起来，也可以做个笑话箱。每次捣蛋节，每人都要详细地把两个故事记录下来，投到笑话箱里。如果哪位同学不高兴了，就摸出一张读一读，赶走烦恼，让自己高兴起来。如果在家中遇到不高兴的事了，就可以翻开摘录本看看别人的趣事，也可以使自己心情愉快。

既然捣蛋节有这么多好处，当然应该有一个这样的节日啰！

不听话的儿子长大了

计算机竞赛

五年级的孩子，开始要为小升初做准备了。

小学升初中，欲择名校如果有两块颇具分量的敲门砖，基本畅通无阻，当时握有这两块金砖的孩子名校都乐意接收，一块是"奥数"一等奖，一块是"QB"一等奖，这代表了孩子的实力，孩子的智商。这两个奖项比"三好学生"、艺术类一等奖含金量都更高。儿子已经拿到了奥数一等奖，接下来就看他五年级暑假的全市信息计算机竞赛了，这是关键的一次竞技，失败就意味着失去了一块敲门砖。

信息班上的老师紧锣密鼓地给这些孩子"强化"，反复模拟测试，举办小型编程比赛。终于到了考试的前夕，他爸再三叮嘱儿子："要按老师的要求答题，千万不能'走偏'，不要另辟蹊径别出心裁。"儿子"嗯嗯"地点头。他爸不放心，再次强调，"到时候批改卷子的不一定就是出题的老师，有可能是像你妈妈这样完全不懂编程的老师在阅卷，他们只对照标准答案给分，只要和标准答案不一样就算错，就扣分。"

周末，我们早早地送儿子到了考场。几个小时过去了，儿子出来了，我们观察他的表情，儿子很轻松。

他爸问儿子："感觉怎么样？"

"不错。我都会做。"

"估计能拿多少分？"

儿子给出了一个高分。他爸很开心，我们找了家餐馆为儿子庆贺。因为当天就出结果，我们没回家，就去影院消磨时光。他爸为儿子选了一部美国大片。儿子看得入迷，我和他爸身在影院心却惦记着分数什么时候出来，他爸不时地看手机有没有信息，我不时地看手表，已经是晚上九点多了，成绩还没出来。终于，十点来钟的时候，成绩出来了，五十几分，大大出乎意料，儿子的成绩比他预估的低了许多，我们的情绪一下跌到谷底。儿子不相信自己是这个分数，可是明明白白写着他的姓名，不容置疑。

我们无可奈何，也不能责备儿子，他尽力了，这段时间他很努力，他那么热爱信息，喜欢编程，他也不愿意考出这样的成绩。

就这么过了二十多天，突然有一天我接到儿子同学爸爸的电话，告诉我可以去复查分数。他的女儿和我儿子在一起学计算机，这次一起参加竞赛，那是个非常优秀的孩子，老师眼里的好学生，她这次竞赛获得了一等奖。他也质疑我儿子考的这个分数，说某某同学已经查到了分，是老师改错了。那个同学也是计算机学得不错的一个小男生，这次的分数也不高，孩子的父母不能接受，编程老师也怀疑，就是这位老师和孩子的家长提出要看卷子，结果发现批改有问题，一下加了不少分。

那时正值暑假，得到信息我赶紧骑车回家把儿子接到阅卷的地方要求看卷子。我们走进一个不大的房间，已经有几位同学和家长在里边了。这次的老师是一位教编程的专业老师，据说是参与出题的老师之一。他没给我们看试卷，而是拿出了儿子的答题卡，让他根据答题卡自己回忆。此时距离竞赛时间已经过去了近一个月，要回忆原题，回忆当时是怎么解答的我觉得太难了。老师拿出一张A4白纸，让他当场解析，儿子看着自己的答案追忆题目……

这次竞赛之后，儿子写了一篇作文《暑假生活》，详细记录了这次编程竞赛的全过程。摘录如下：

一放暑假，我就进入了紧张的QB总复习当中。爸妈因为要上班，为了保证我的学习，他们特地把在外地的爷爷请过来，接送我上下课。

我每天上午八点半至十一点半，在双仁区教师进修学校上课。上完上午的课，我立刻回家吃饭，然后直奔钟楼区教师进修学校上下午的课，时间是一点半至四点半。晚上我再去撷英信息学校上课，时间是六点至九点，每天晚上爸爸从他单位开车过来接我回家。通常这个时候我已经很累了，在车上迷迷糊糊就要睡着了。

尽管晚上回到家已经近十点，每天学习在十个小时以上，我还是能坚持，在爸爸的陪伴下，温习一天所学的知识，并与他讨论一些我还难以搞懂的数学问题。这段时间我每天晚上十一点多钟才能睡觉。

终于到了考试的时间了。我先是参加双仁区组织的QB竞赛。早上妈妈送我去参赛，路上她问我有没有信心，我十分自信地说有。妈妈满意地笑了，她说我的回答很响亮。果然，在这次竞赛中我正常发挥，获得了一等奖，取得了前18名的好成绩。接下来，钟楼区再组织QB赛，我还是顺利入围，进入到决赛，但没想到，这次发挥失常，只拿了二等奖。我很伤心，很难过，甚至有点怀疑自己的IQ了。这时候柳老师鼓励我，好好总结，别灰心，继续努力，还有机会。爸爸也鼓励我，振作起来，把没有弄懂的地方再仔细琢磨透，消化它，好好迎接全市QB竞赛。

时间一天天过去，我每天的生活只有QB，到校上课，回家复习，丝毫感觉不到已经放暑假了，比在学校上课时更紧张。那段时间，集训的老师让我们做大量的习题，因为课程内容已经讲完了，每天就是做习题测试，检查自己还有哪些没弄懂的。我每天都有进步，每次测试成绩都在提高，我又重新找回了自信。

七月十二日，这是个难忘的日子，就在这天，我参加了全市QB竞赛。这天是周末，爸妈早早地开车把我送到竞赛地点——少年科技馆。那是个盛夏之日，家长、孩子顶着似火的骄阳，潮水般涌进科技馆，我的心情也和那天的天气一样，热情而又急切。九点半我们正式比赛。因为赛场离市区较远，家长们大都没有回家，等在了门口。我的爸爸也和其他家长一样，他坐在车里，等着我考出来。

十一点半钟，考试结束了。我出来时，爸爸笑着问我怎么样。我自信地说，感觉不错，除了问题求解和完善程序的最后一题以外我都很有把握。爸爸听了轻松地说，考完了就不去想它了，我们今天好好玩一天，中午出去吃饭，晚上去看电影。那是我想看的《变形金刚2》。我和爸妈在电影院里一边看电影，一边等着竞赛结果出来。爸爸拿着手机随时上网查看，他几乎没怎么看电影，一直关注着网上的信息。

妈妈很紧张，担心我不能拿一等奖，即不能入围。我安慰妈妈说，我一定能拿一等奖，即使再考得不好拿不到高分，入围决赛也没有问题。爸爸的手机终于没电了，我们三人开始专心看电影。

回到家时，我立刻打开电脑查询成绩，可是没想到我才得了57分！我不敢相信自己的眼睛，热切的心情一下跌落到了冰点。爸爸又看了一遍，妈妈再看了一遍，没错，那分数的旁边就是写着我的名字。

爸妈没有责备我，但是他们很失望，非常失望，他们不能接受这个成绩，我也不能相信这个成绩。

就这样，在万分沮丧的日子里过了一段时间，渐渐传来消息，说这次改卷有很大问题。因为QB自身的特点，答题的思路可以有多种，有多种解法是正常的，所以不能认定唯一的标准答案，因此，只根据一份答案阅卷，成绩出入很大。针对这种情况，市科协允许对成绩有疑问的同学去查分核对，妈妈得到消息，立即带我过去核查。

但是很遗憾，只能看到自己的答题卡，并不能看到原卷，要回忆起原题来很不容易。老师让我在一张白纸上写下题目，再写下自己的解题思路。看着自己的答题卡，再对照老师手里的那份标准答案，我只能回忆起极小部分自己确认是正确的而明显改错了的题目，大多数题目都想不起来。我在纸上写下要求看原卷。老师收下了那张我写下思路的白纸，说要请专家一起核对。

就这样，我带着遗憾回家了。又过了约一周的时间，我们在网上再次看到经过核实过的成绩公告，我被列入了一等奖的名单，这也意味着我有资格参加全省决赛，尽管我还是没能看到原卷。

妈妈立即打电话问科协，何时参加全省决赛？可得到的回答却是虽然获得了市一等奖，但不能参加决赛。

我们一下蒙了。妈妈问科协：拿到一等奖不就是获得了进入决赛的资格了吗？为什么又不能参加呢？回答说：一等奖获得者是有资格参加省里的计算机决赛，但名单已经在最初公布成绩的时候交上去了，现在不能再变更。

　　就这样，我拿到了市计算机竞赛一等奖，却被全省决赛拒之门外。

　　QB竞赛结束了，我的失意也随之而去。两个月的暑假已过去了一半，我开始了真正的假期生活。我找出来暑假作业：上午做"大本子"；中午语文课外阅读、英语课外阅读；下午做《举一反三100奥数》；晚上做语文综合练习，附带习字。中间一段时间，我上了游泳提高班，学习自由泳，初步掌握了自由泳的一些基本动作，并规范了以前的蛙泳动作。对了，"大本子"里有些题目很难、很活，比如说有一道组成水果名称的英语题目，我至今还没有做出来。当然，也有一些我不会做的题目，利用网络就能搜到答案，让我增长了不少知识。

　　如果说，QB竞赛让我感到失望的话，还有件事让我很失落，那就是我没有下载到windows 7 RC（发布候选版）。这是微软在发布RTM（正式版）之前的最后一个，也是最完善的一个版本，它与正式版十分接近，到明年六月才停用。没下载到的问题全怪微软开发的ActiveX download manager（下载器）。这个软件存在校验问题，所以才没下载成。另外，我爸爸还不让我上开心网，这让我不开心。当然心里还是知道，爸爸是对的，所以我能够做到不上网。

　　这个暑假我过得很充实，也很愉快，虽然每天都有大量的功课做，但也有动画片看，比如《喜洋洋和大灰狼》，每次看的时候都会想到柳老师把我比作她幼儿园的女儿，她可能正在和我一起看呢。嘿嘿，不好意思。

　　QB竞赛结束了，儿子还是没有按照常规答题，他的解题方法没有错，但需要在电脑上验证，谁会为一个孩子的答题在电脑上一道道校验呢？不出他爸所料，阅卷的老师果真是像我一样不懂计算机的人，他们只是对照标准答案给分。

我们对儿子说，一定要接受教训啊，以后答题或者任何考试可要规规矩矩，不能自由发挥，不然就没成绩了，本来这次可以进入全省决赛的。儿子点点头。但我心里清楚，儿子是做不到的，他就是一个这样的孩子，不想苟同，喜欢独创，可以不计后果、不想成绩，将升学、择校丢之脑后也要按照自己的思路走下去，书上说这是一种求异思维。

看着儿子，我心里充满忧虑，为他的前程，为他的未来。

他就是这样一枚不同于别人的叶片，按照自己的叶脉生长，我不忍心掐断这片嫩芽。

不听话的儿子

5

学校是形成人格，创造人格价值的场所。

——池田大作（日）

一年级

初次犯错

儿子刚入学几天，便在学校犯了错。

下午快放学时，老师对同学们说，没写完作业的同学带回家去做。老师刚说完，儿子突然下位，开心地大笑道："哈哈，我的作业写完了，我不用回家写作业啰。"他兴奋得过了头，忘了在教室里，还有课堂纪律。

不听话的儿子长大了

放学排队时，他又在队伍里发出怪叫声，老师把他叫过去罚站了。同学们排好队准备走出教室时，他对同学说："等下我溜出去。"同学们走出教室，他趁老师不注意，悄悄溜出了教室，顺着校园绕了一大圈，想避开老师的视线，结果在大门口被老师发现了。老师批评了他，并说："如果明天再犯这个错误，我要找家长了。"

我让儿子自己总结。他说："我以后再也不能这么做了，我现在已经是一名小学生了，不能还像幼儿园的孩子一样了，一定要遵守学校的纪律。"

儿子能做到吗？我当然有点怀疑。

小小卡片

入学两周不到。语文课上儿子表现又不太好，思想不集中开小差了，虽然老师用眼睛盯他，可是儿子的脑子想到别处去了，没看见老师的眼神，结果被老师批评了，还被没收了一张原先被奖励的小卡片。儿子说："我心里很难过，我以后上课再也不开小差了。"儿子再告诉我，"下午的音乐课很专心，老师表扬了我，奖励了我一张小卡片。我上午丢失了一张，下午得到了一张，一失一得等于今天没得到小卡片，没得到奖励。我明天要表现好，争取多得卡片，追上光荣榜上拿红旗的同学。"（一定数量的卡片可以换得一面小红旗。）

我最怕你们生气

我把儿子接回家，他开始写作业。

翻开作业本儿子对我说了句话。

"妈妈，你知道我最怕什么吗？"

看着儿子的数学作业本上老师批改的一个个红钩，我说："最怕红'叉叉'对吧？"

"不对。"

"最怕字写不好老师留下来重写？"

"不对。"

"那怕什么？"

"我最怕你们生气。"

儿子的话让我一惊，我突然想起前段时间看过的一则报道，说现在的孩子为了博得家长欢心，不惜撒谎或者做一些本不该孩子做的事情，孩子这么做当然是出于无奈，怕家长不高兴，怕家长骂，怕家长打。我也快成为这样的家长了吗？我不能，我不能为了自己高兴而牺牲孩子的童真，让孩子做违心的事。孩子有错可以改，他还是孩子，可以慢慢来，除非是品质错误，那必须及时纠正。孩子有错可以跟他指出来，不要对他大吼大叫，动不动发火，因为孩子会害怕。孩子有进步就表扬，不要拿他和别人比。

我亲亲儿子，"妈妈爱你！妈妈以后少生气，不让你感到害怕。"

可是我，能做到吗？（后来证明，我完全没做到。现在想起来还感到愧疚。）

课外英语班

儿子在幼儿园大班时开始在培训机构学英语，上小学后没有中断。这天周末，我带着儿子一早乘公交车去上课。

来到教室，老师已经在做上课的准备了。我叮嘱儿子，上课要认真听讲，配合老师。

可是第一节课后，儿子的名字旁边没有像其他小朋友一样有几颗小红星，而是出现了一个难看的"×"。老师说他无故离开座位，表现不好。我在他耳边严肃地告诫他，表现不好回家要受罚。结果第二节课老师表扬他了，还得了四颗小红星。

他的小屁股像是尖的，坐不住。

不悦的晚上

周五放学时我去学校见汪老师，了解儿子一周的表现情况。汪老师说："这周比上周有进步，但还是存在问题，一是上课发言时下位；二是上英语课时不配合老师，老师要求背课文，他故意翻开书来读另一篇课文，觉得第一课太简单了，不想背。"

我严厉批评了儿子。晚上他爸回来非常生气，认为儿子不听老师的话，对儿子横施夏楚。

第一次期末考试

　　下午收到英语袁老师发来的信息，儿子英语考了满分，口试、笔试各100分，共200分，班上最低成绩87分。

　　之后我又打电话给汪老师，请教她布置的小报的事。未及我问她这次孩子期末考试的成绩，汪老师主动说，儿子这次考得不错，语文、数学都是100分，"真不错，真不错！"连连赞叹了两声，我一阵惊喜，但还是按捺住激动的心情，说这是老师教育得好。汪老师说："你们配合得好，我们今后还要多配合。"我说："一定。"

　　放下电话，我发短信告诉他爸，他爸有点不敢相信，问我消息来源，我说刚和班主任通过电话。

　　我又打电话告诉在家的儿子。儿子老"嘎嘎"地拖着长调说"那就OK了。"我放下电话直想笑，为他的成绩，为他的故作老成。

　　晚上，他爸没加班，进门抱住儿子就亲，"祝贺你，儿子！"声音高亢激昂。儿子只是笑，他爸高兴得不能自已。

　　爷爷在一旁一副不以为然的样子，"不闹（要）太高兴，才刚刚开始，细人不闹太表扬。"

　　"高兴一下有什么不可以？高兴都不能高兴，那不是活得太累了吗？"他爸为父亲的话感到扫兴。

　　儿子说："一切都过去了，还要看以后。"

　　我在一旁笑，一听就是爷爷的腔调，很显然，儿子已

不听话的儿子长大了

经被爷爷教育了一番。

我连忙说："对对对，100分只能说明过去，下学期要从头开始。"

他爸边吃着饭，边点头说："说得对，说得对。"他接着对我说，"他们班上满分会不少，但三门都满分的大概不会多。"我跟儿子说过，你虽然不能免考（班上有几名同学因平时测评成绩好期末免考），但如果三门都考满分就不比免考的差。儿子真是争气！"

儿子说，今天是他最高兴的一天。

"那当然。考满分是次要的，关键是考了满分就树立了信心，学习劲头会更足。"他爸说。

晚上，他爸提出要跟儿子睡。次日起来对我说："昨晚枕头都忘了拿。"

"你跟儿子睡，睡地上都是高兴的。"我笑他爸。

"哈哈哈，你真了解我。"然后自言自语，"我跟儿子睡地上都是高兴的。"

写得快重要，还是写得好重要

儿子写字太快，带来的后果是字写得不规范，不该出头的地方出头，该有棱角的地方写成了弧形。其实这里面有我们家长的原因，完全怪罪孩子不公平。

儿子在幼儿园时，因动作太慢、"太磨"，让我们大为焦急，担心他上学后影响学习。于是我们让他练字时要求他快，先不管字写得好不好，把速度提上去再说，没想到这一练还真有效果，儿子的字的确写快了，可又出现了新的问题。

字写得快自然不会考虑间架结构和笔锋，而且因为图快，往往一笔下去长短把握不好，不该出头的地方出头了就成了另外一个字，或者错字，所有带棱角的字全写成了弯钩，写出来的字看上去怪怪的，没一点美感。汪老师很生气，常常为他的字写得不好批评他，作业也因字写得不规范而扣他的分。老师还生气地对他说："你的字只有我认得，试卷是流水作业批改，你这样的字别的班的老师怎么认得，不都得打错吗！"老师的话是对的，是为孩子好。

这两天他的语文练习卷都做对了，但老师还是扣了他的卷面分。我们天天叮嘱他，写字一定要规范、工整，否则因卷面影响得不到满分就太可惜了。

今天早饭时我们又对他絮叨了一遍，"上课要专心，写字要规范。"并且加重语气对他说，"试卷是流水作业批改，每个老师都会改到各个班的试卷。而且老师之间都会严格打分，你对我班上严格，我对你班上也严格。"

儿子瞪大眼睛不解地说："为什么不能你对我松点，我对你松点呢？"

我和他爸都说："老师要对学生负责呀。如果你对我松，我对你松，学生觉得我写这样的字还能拿100分，以后我就这样写字了。"

儿子听了嘿嘿地憨笑。

"妈妈你说，是字写得快重要，还是写得好重要？"

我说："都重要。"

"哪个更重要？"

他又开始钻牛角尖了。

我希望他又快又好，可是一个一年级的孩子，对他提这种要求太苛刻了。我无力地重复一遍，两个都重要。但我知道他还做不到。

二年级

怕老师批评就干脆不做了

儿子就这么懵懵懂懂地升到了二年级。

周一，我照例检查他的作业。上周《习字册》没有要重写的字，并且他每天都能按照老师的布置默写一至两篇课文。可是我却没看见数学作业，周五就没看见，问他，说老师没布置。我觉得不对劲了，想到他前段时间因弄丢了《数学练习册》几天没交作业的事情，直觉告诉我出问题了。

我尽量用平静的语气跟他说："老师不可能不布置作业的，是不是出什么问题了？又把本子弄丢了吗？"

"不是。"

我说："人都会犯错的，大人也会犯错，我们尽量不犯错误，但一旦有了错改正了就好。对妈妈说实话，妈妈不会惩罚你。"

听到我不惩罚他，儿子对我说："一次忘交作业了，第二天想补交可是怕老师批评，就不敢交，反正老师改作业的时候也不看名字，老师发现不了，发现不了就不交了，不交就干脆不做数学作业了。"

我跟儿子说："本来是一次失误，补交就行了，跟老师说明情况，老师不会过于批评，现在不做作业又犯错了，就成了错上加错。"我让他第二天去找老师认错，补写未完成的数学作业。

扒红旗

晚上下班回家，我一边进门换鞋，一边兴致勃勃地高喊："我回来了。"难得一天不用我接儿子。他爸在厨房炒菜，儿子在房间写作业。我把路上买的菜放进厨房，他爸十分严肃而低沉地对我说："我不想让儿子上学了。"我心一沉，知道儿子又犯事了，看他的表情，事情还挺大。

"发生什么事了？"

他没搭腔，继续炒菜，好半天才回了句："我想让他别去上学了，就在家里自学吧，这种小孩还上什么学呀，脸都被他丢尽了。"他只是生气，也不说到底发生了什么事。

我进房间问儿子："今天又怎么了？"儿子说被老师扒了"红旗"。扒"红旗"？我感到事情挺严重，就是说，他本学期仅得的两面"红旗"，一面被数学老师扒了，一面被语文老师扒了，可以想象，儿子的名字后面是一溜空白，与同学名字后面密密麻麻的"红旗"对比，显得特别突出，"红旗"得多得少是在校表现好与差的标志，而且老师一般不会轻易扒"红旗"，扒"红旗"意味着犯了不小的错误。

儿子说，今天汪老师上课时没收了一位同学的计算器，因为王老师说他带了与学习无关的东西到学校来，并且说不打算还给那个同学了。儿子下课后，不知天高地厚地就从讲台上拿了计算器还给那位同学。汪老师非常生气，一气之下，把他头天考100分刚得到的一面红旗给扒了（之前一面红旗因数学作业未按老师的要求完成，老师在"忍无可忍"的情况下给扒了）。

我问儿子："为什么要这么做？"儿子流着眼泪说："老师说不还给他了，他一定很伤心。所以我去拿了还给他。"儿子以为老师真的要没收不还了。

儿子的动机是单纯的。但我们告诉他，那个同学违反了纪律，带了与学习无关的东西到学校来，老师当然要做出处理，没收计算器就是一种处理方式，老师会教育他，以后不可以带到学校来，并不会真的不还给那个同学了，老师扒"红旗"就是要让学生知道，什么事情可以做，什么事情不能做，把老师没收的东西还给同学，这是对老师的不尊重。

他爸很生气，为此严厉惩罚了儿子。

这件事后，儿子再没犯过类似的错误，但他那颗同情之心没改变。

我错了

一大早儿子就起床了，不声不响地在自己房间里看课外书《星球大战》。

儿子爱看书，我很高兴，不过我还是对他说："这么好的黄金时段用来看课外书有点可惜。"说过后我马上意识到，就是因为自己感兴趣才会这么早起来看书，如果是我要他看的书他就不会起这么早了，想想开卷有益，我就不再说了。

但是我又做错了一件事。

送儿子上学的路上，我让他口述一遍作文，先打一个腹稿，为下午的作文做点准备。儿子边说，我边更正——这点我也不对，应该让他自己想，不该他说一句我改一句。我太性急了，他才刚刚开始练习作文，我像他这么大的时候根本不如他现在的水平。

儿子在车上对我说："妈妈，我的作文快要进入前十名了。"

我竟然粗暴地打断他，"快要进入就是还没进入。冠军就是冠军，亚军就是亚军。你说亚军是不是差一点就是冠军了？可他就是亚军，不是冠军。"我这话没说错，但应该是对一个成年的过于自负的人讲的，而我的儿子还是个不足八岁的孩子，我这么说是在打击他，给他泄气，让他气馁，我应该给孩子鼓劲，打气，正面教育，应该说："儿子你可以的。妈妈对你有信心，你这样练习下去，会进入前五名。"

我很自责，对自己说：你要牢牢记住，永远给孩子希望！

别告诉爸爸

我有个坏毛病，心里有事就睡不好。醒来，看看时间四点十五。儿子晚上临睡前的情形浮现在眼前。

我给他掖好被子，像往常一样对他说"晚安"的时候，儿子突然拉住我的手，胆怯地对我说："妈妈，还有一件事，你听了可千万别生气啊，一定不能生气啊！"儿子怕我生气，我一生气就火冒三丈，让儿子害怕。我告诫自己一定要平静，如果我听完他的话就发脾气，儿子以后就不会对我主动认错了。

我和缓地说："妈妈不生气，有什么话你说。"我用眼神鼓励儿子，让他放心大胆地说出来，我不会责罚他。

儿子说："明天老师让你去学校。"

"哪个老师？"

"妈妈你小点声，别让爸爸听见。是章老师。"章老师是数学老师。

"那你又犯什么错了？"

"《数学测试与练习》总是得及格、不及格的。"儿子的声音低低的。

我前几天看过他的数学作业，已看到一次"及格"了。"怎么会错这么多呢？是上课没听讲，还是没弄懂？错了的题你都会做了吗？"

"会做。都订正了。"

"那以后还会这样吗？"

不听话的儿子

"不会了。"

"那应该怎么做?"

"上课专心听讲,作业认真完成,做完以后检查。"

他把我要说的话都说了。儿子完全知道自己该怎么做,要怎么做,可就是做不到。我安慰自己,孩子还小,慢慢来吧。可是他爸的话又在我耳边响起:"别人怎么能做到呢,不都是他的同龄人吗?"他说得没错,可是人和人不同啊,没有可比性,我们的儿子现在还做不到。

我答应儿子明天去学校,也答应了他不告诉爸爸的请求。

连续出错

儿子已经连续七八天在学校犯错了,这两天期末考试他都出错,老师被他气得不行,我焦急得不行,心一直提着,祈祷着:"今天别又出什么事啊!"以致自己做什么事都没心思。

上周一已进入学期总复习阶段,章老师每天布置学生做试卷,要求当天布置当天交,做错的马上订正再交老师改。全班同学只有三四人没及时订正把试卷交给老师,章老师怕事情多遗忘,把这几个同学的名字写到黑板上,也是为了提醒这几个学生抓紧订正,其中就有儿子。中午休息时,那几个同学找到老师把订正过的试卷交了,唯独儿子没交,他根本没订正,当然也就没法交试卷。下午放学后,他像没事人一样,背着书包去小饭桌了。

次日周二，章老师找到他，问他为何不交试卷，并写了一张小便条让他带给家长，并要求第二天把家长的回条带给老师。儿子这天到家压根没提这件事，我们完全不知。

周三，章老师问他要家长的回条，他拿不出来。老师警告他说："你今天若再不把纸条交给家长，就不让你参加期末考试。"放学到家，我觉得儿子比平时乖顺了不少，要他做什么立即就做。他把当天所有该完成的作业包括弹琴、英语都完成后，收拾好书包，这才怯怯地对我说："妈妈，今天有件事情，你听了不要生气啊，妈妈你一定不要生气！"我知道发生了事情，要他快说，他这才把老师的纸条交给了我。他告诉了我怎么回事，但是轻描淡写，和老师纸条上的严重性不相吻合。老师告诉我们，他不交试卷、不订正，连考试都在讲话等等，问题相当严重。我当时没打他，打电话叫他爸立即回来。他爸晚上回来后，严厉地批评了他，也没太过责罚，写了回条让他次日带给老师。

周四我还是去了学校，我觉得孩子问题这么大，一纸回条不够，应当与老师面谈。章老师说看到了纸条，并一再对我说，孩子学习习惯很重要，马上升三年级了，再不把这些毛病改掉，学习肯定会落下。我谢谢老师，告辞后走到教室找儿子，他还没下课。在教室门外等了几分钟，终于放学了。同学们整好书包出教室排队了，儿子还在紧赶着写作业。汪老师送走学生回到教室，我问她儿子语文课的情况，汪老师生气地说："别的就不说了，就看看这个习字。"老师手里拿着两面习字本复印件，"这是我中午布置的作业，二十分钟就可以写完的，他写了整整两个小时。"我知道他又犯磨蹭的毛病了，很生气。从入学开始就告诫他"不能磨蹭，不能磨蹭"，任何事情等完成作业再做，主次要分清，可这个毛病他至今还没改。我没多说什么，让他快做，又叮嘱他把未带回家的卷子都带着，复习备考。

周五中午我接到章老师电话，"我把他所有的数学卷找出来，竟然有五张试卷没订正或者没改，我让他在纸上写，试卷带回去再看。"晚上他爸回来，看了他带回来的试卷，帮他一一订正，生气他错了这么多题，但考虑到他要考试了，抓紧时间复习要紧，也没多追究。

周六、周日两天我帮他复习备考。这两天我一再跟儿子说，错题要及时订正，有什么问题告诉我们，改了就好，不然错误越犯越大，并问他还有没有没带回来的卷子。儿子说没有了，都带回来了。

周一是这学期最后一次复习，接下来两天都是考试。下午放学后，我去小饭桌接他，阿姨说章老师今天在等家长。我立即带上儿子去学校找章老师，老师已经下班。我顺便走进教室，再看看他的抽屉，发现里面还有没订正的卷子，我的火一下就上来了，气得一路上一句话没说。路上他爸来电话准备要接他，我语气沉重地告诉他："没事就回来，有重要事情。"是晚，他爸回来我重重地把找回来的试卷摔在桌上，告诉他儿子严重撒谎。他很生气。

我问儿子为什么撒谎，说卷子都带回来了。他哭着说不想做了，每天订正，每天订正……我说全班50个同学，就你一个人不订正不想做，我再也按捺不住连续几天积压下来的怒火……

我想，但凡管孩子学习的人、经常往学校跑的人、不断和老师沟通的人，是难以做到心平气和的，隔岸观火者才能保有一颗佛心。当被火灼热的时候，也会赤膊上阵。

周二考语文。一大早，他爸到学校见章老师，两年了，他还是第一次见章老师。仍是老话题：要认真，不能让他磨蹭，否则就废掉了，这么聪明的孩子太可惜了；要有措施，要检查。是晚到家，我们认真谈起了孩子，并下决心，要在这个暑假改掉他的毛病，下学期要有大的改观，学习成绩要争取让他在班上前三名，树立他的信心。

　　周三考数学，考完即意味着放假。儿子要我今天晚点接他，九点半考完后他要到小饭桌和同学一起玩。我答应了他的要求。中午欲接他到食堂吃饭，一到小饭桌，阿姨就告诉我："今天他又犯错了，老师好生气。"原来考完数学后，他做完卷子，检查了两遍，认为没错题了觉得没事干，就拿出一张小纸条，问旁边的同桌，她家里的QQ号是多少？密码是多少？他把这些都记在纸条上。正好被监考的老师看见了，收缴了他的纸条。

　　我拉着他去学校见老师。章老师非常生气，说："你要是考了100分没话说，要是考不到100，这些卷子要你全部做一遍！"

　　我气得没话说。从上周到现在他没有一天安分过，临到期末考试还会出这么多事，一点紧张、认真的感觉都没有。我问儿子，还知道考场纪律？老师讲过考场纪律吗？他说讲过一些："不可以商量题目，不可以偷看，做完后要检查，不可以提前交卷。但没说做完以后不可以做别的事情，我看到有的同学也在做别的事情，有的在画画，有的趴在桌子上。"我跟他说："你问同学家里的号码老师可能以为你们在对答案，所以不能讲话。"儿子说："那就在桌上睡觉。"我不置可否，心里又想笑。

　　这样的儿子我该怎么教？！

三年级

手写板报

下班后我骑上电动车就去接儿子，路上问他作业是否做完了。儿子说："还没做完。语文老师布置要出板报，要手写的，电脑打印出来的不算。明天早上就要交。"

"要出多大的板报啊？"

"A4纸。但花边可以打印。"儿子回答。

"主题是什么？"

"一张健康小报。"

"你才学钢笔字，要用手写那得写到什么时候啊？"

"老师只是说要手写的，没说一定要小朋友自己写。"

让家长写，那就成了家长晒钢笔字了。我笑道："如果是让家长写那要求手写就失去了意义，不如给你在电脑上敲呢！"

"不行。老师说了一定要手写的。因为三（五）班出的一期板报就是手写的，在全校得了表扬，所以我们老师也要求用手写。"

"那就更不能要家长写啊，老师要你们用手写是锻炼你们。"

儿子说："老师在班上说要手写板报时，同学们都'啊——手写呀！'"儿子的语气里明显带着埋怨，他这是借同学的情绪来反映他的不满。因为我们一再跟他说不要怨老师严厉，老师严厉是为学生好，还提醒他比尔·盖茨说过的话："当你遇上了自己的老板，才知道老师的严厉不算什么。"

再访老师

中午在食堂吃过饭，我骑上电动车去学校，想找老师了解一下儿子开学以来的情况。刚开学时见过新老师，那时候老师对学生还不是太熟悉，十几天过去了，老师与学生有了接触，尤其对表现"不俗"的孩子，我想柳老师对我儿子应该有印象了。

其实儿子的表现已见端倪：语文作业不够认真；数学作业有"及格"。就在上周，老师在班上贴出光荣榜，第一批获得"小红花"的同学已荣登榜上，余下七八位同学榜上无名，儿子是其中之一。他回家如实告诉我们，老师说他坐不住，话特别多，尽管作业本上的"小红花"数量已够登上光荣榜，但老师没给他这份荣誉。校外奥数班上的作业本他也弄丢了。

到校时，柳老师和数学裴老师都在教室。裴老师一见我马上过来打招呼："你来得正好，我正想请你过来谈谈孩子的情况。"裴老师接着说："他上课不专心，也不举手发言。当然，他没认真听讲也发不了言。表现非常随便，话多，话特别多，柳老师的看法和我大致相同。"

柳老师说："上课坐不住，身子动来动去，一会儿左一会儿右，只要有一点动静他就会转过身去看；也不举手发言；作业马虎，不认真；话特别多，大家一起出去就听他一个人说个不停。有一天课代表收作业，他举着本子在课代表面前晃来晃去，就是不给人家，我当时就站在他身边，我问他：'你这是干什么？'他才把本子交给课代表；批评他时还会辩解，总有话讲，理由多得不得了。那天他把钢笔水挤到喝水的瓶子里，还用笔尖扎了一个洞，然后挤着玩，弄得同学身上都是钢笔水。我让他把瓶子扔了，他又灌了一瓶水。"

柳老师最后说："孩子的学习习惯非常重要，比成绩还重要。现在是低年级，学习内容不是太难，感觉还能跟得上。以后上高年级时，如果还是这种情况，成绩马上就会掉下来，到时候着急都来不及了。所以现在一定要养成好习惯。你回去后一定要好好跟他谈。"

我跟老师说，我以后会常到学校来和老师沟通，随时掌握他的情况，一周至少一次，帮助他养成好习惯。

而事实是，没等到我主动要过去，我就被老师叫到学校，我想偷懒都做不到。这是后话了。

一口牛奶

三年级刚开学不久，儿子晚上做完功课后，又看了一遍英语，已近十点，他还想再弹会儿琴，但因他早上六点多就要起床，而且儿子还没上厕所，还要洗漱，再弹琴的话时间太晚，睡眠又不够了，所以我就没让他弹。

第二天一早，儿子一觉睡到近七点还没醒来，我放了英语磁带也没能闹醒他。我对他爸说，昨天睡晚了，要让他九点半睡就好了。

"他白天没抓紧，作业没做完有什么办法？"他爸说，"再让他睡十分钟吧，七点我叫他。"

七点整他叫醒了儿子。我对儿子说："今天晚了，已经七点了，让你多睡了十分钟。现在一分一秒都不能耽搁了，赶紧穿衣、洗漱、吃饭。今天晨读时间都没了。"儿子睡眼惺忪地摸索着穿衣。

儿子洗脸时，他爸站在边上盯着要他快洗，又说他没洗干净，要他用劲，嗓门也大了起来："还不快点，你还没读书呢。"儿子的动作还是快不了，他还没睡醒。

"我吃完饭再读。"儿子似乎觉得时间还早。

"你知道现在几点了吗？你还有时间读书呀！好吧，你吃完饭读吧。"他爸又气又急，"七点二十必须出门。"

儿子上了桌，一手拿牛奶，一手拿着包子，盘子里还有他爸剥好的鸡蛋。我在边上催促着："快吃，要快，还有十几分钟就要出门了，不然要迟到。大口的，不能一点一点地吃啊！"儿子张大了嘴，口里塞得满满的。"喝口奶呀，噎着了。"我着急地看着他。

"长针指到十五必须吃完。"他爸又催。

儿子说："不是二十出门吗？"

"你不是说吃完饭读书的吗？不留下读书时间吗？"

杯子里还剩下几口奶。"好了，时间已到，不许喝了。"他爸要拿下他的奶杯。儿子扭动身子，想把最后几口奶喝完。

"说了要读书的，时间到了就不许再喝了。"我又去夺他的奶，这时他爸的手也伸了过来，可怜的儿子敌不过两只粗壮而粗鲁的手，奶被夺了下来，尽管杯里还剩最后一口牛奶。

儿子噙着泪水，接过他爸已经替他翻好的那篇课文，读了下去……

儿子出门后，懊恼、自责、痛悔撕扯着我，我的心像要跳出来一样怒斥我：你太残忍了，太刻薄了，儿子昨晚写作业到深夜，根本就没睡够（自从上学睡眠从来就不够），还处于困顿状态，你就知道催他，吼他，竟然不让他喝完最后一口奶，就为那五分钟的书吗！我知道，这是因为对儿子的不满，导致两个成年人情绪不佳，于是对儿子有了这样的举动。我的心被啮噬着，泪流满面，我好想抱住儿子对他说声"对不起"！

我记得有一次，儿子在做《课课通》上的一篇练习。内容是讲一对父子在海上钓鱼，儿子钓到了一条非常大的鲈鱼，特别兴奋。父亲也为他高兴，可是当他看过手表后让儿子把鲈鱼放掉，说还不到钓鲈鱼的时间。儿子看看左右说，又没人看见，没关系的。父亲坚定而不容商量地让儿子放生了鲈鱼，尽管儿子不情愿。文章的主题是教育孩子做人要诚实，守信。

我跟儿子说，我们古人就有"君子一日三省"之说，还主张"慎独"，就是一人独处没有旁人在的时候也要做到严于律己，这种情况下最能考验一个人的品德和修养，能做到"慎独"的人可谓君子了。

儿子说："即使没有旁人，但做了坏事自己心里也是

不听话的儿子长大了

虚的。"我赞赏地看着儿子。我说妈妈在教育你的时候经常反省自己，可是做得不好。儿子马上说："那我给妈妈一个'三省'。"我说好啊。儿子在一张纸上写道：

1. 不生气。
2. 不发躁。
3. 晚饭不多吃。

我性子急，脾气躁，缺乏耐心，一着急就上火，儿子给我写下"三省"饱含了对我不发火的期望，也说明他对我常常发火的不满，我听见了一个孩子幼小心灵的柔弱呼声。

我当时收好了便条。但，它现在哪里？

心疼儿子

儿子这几天感冒，症状较重，鼻涕涟涟。见他一大早就醒了，我赶紧倒上一杯白开水送到床前让他喝，然后对他说："其实感冒并不需要吃药，只要多喝水多睡觉就行。不过多睡觉我们现在做不到。"

"还要打喷嚏流鼻涕。"儿子咽下一口水说。

"为什么要打喷嚏流鼻涕？"

"挥发哎，病菌要挥发出来。"

"谁说的？"我笑问。

"《蓝猫淘气三千问》里讲的。"

我使劲亲儿子，我可爱的儿子。

时间才六点多一点，我心疼地说："今天是星期天，你感冒了就睡个懒觉吧，多睡会儿。"

"那你打算让我睡到几点起来啊？"儿子带着重重的鼻音问。

"怎么了？"

"我想把这个时间用来上电脑。"

我听了好心酸。儿子是想利用我给他睡懒觉的时间来摆弄他心爱的电脑，他知道上午还有功课，到时我会让他写作业。我突然觉得是不是太残忍了，剥夺儿子的所有时间。我笑着点头默认，儿子一骨碌下了床。

辛酸的母亲

早上七点叫儿子起床时，他还沉睡着一动不动，我把他扶起，告诉他一秒钟都不能耽误了，赶紧动作。儿子闭着眼坐在床上。

我们每天七点二十必须出门，稍微晚一点校门口就堵了，到时候车进不去，他爸上班就要迟到了。二十分钟之内他要穿衣、洗漱、吃饭、换鞋、系红领巾。

我说："妈妈不能帮你，过几天妈妈要出差了，爸爸是没时间管你的，你要自己快起来。"

儿子闭着眼睛摸索着穿上了一只袜子。

"过五分钟了。"我走向阳台时提醒他。

他穿第二只袜子，仍是闭着眼睛。

我催道："儿子你快点呀，要来不及了，到时候饭都吃不上，你爸就要带你走了。"

不听话的儿子长大了

儿子睁开了眼睛，慢慢褪下睡裤，套上外裤。

"还有十分钟。"我声音大了起来。

儿子动作快了点，披上衬衫，走向卫生间。

我尽量压低嗓门："儿子，你要吃不上饭了。"

儿子终于进了厨房，在灶台边端起牛奶，拿起一个包子。

"卫生间地上的尿是不是你撒的？"他爸大声道。

儿子完全醒了："是我，我用布擦过了。"

"为什么不尿到马桶里？"

"没注意看。"儿子怯怯地说。

我凑到他爸耳边低声说："他还没睡醒呢，昨天又是十点多才睡的。"

"谁让他自己不抓紧的，睡晚了怪谁啊？"嗓门更高了。

"放下，走了，不许再吃了。"他爸对着还在厨房的儿子吼道。

我再也忍不住了，过来帮他，把鞋拿进厨房给他换上，再把衬衫扣子扣上，系上红领巾。

"赶紧把奶喝了，包子放嘴里。"我对儿子说。

儿子把包子塞了满嘴。

"我走了。书包不给你拿了，自己拿吧。"他爸气冲冲地出了门。

儿子快速背起书包，追了出去。

看着儿子冲向电梯的背影，我眼泪又出来了。

昨天接他回家，刚进院门口就说要大便，我来不及锁车，赶紧把车上钥匙抽下来让他先回家上厕所，儿子拿了钥匙就跑上楼。

我背着他的书包进门，儿子已经坐在马桶上了。我立马进厨房准备晚饭。十几分钟后，我叫儿子吃饭。

"儿子，快了吧？吃了饭赶紧写作业。作业还没写完吧？"

"还没有。"。

我推门进去："快点吧，不能坐太久啊。"

儿子正在读一本哥白尼科学杂志。

"我就猜到了，你在看杂志。"

"哎呀，我喜欢看嘛。"

"妈妈知道你喜欢看，可是没时间呀。"

"好，好，好——"儿子随手把杂志放到水箱盖上。

放下饭碗他就写作业，三四个小时，中间没有休息，一直到晚上十点多才收拾书包。儿子多想看他的科学杂志啊，可是我狠心不能让他看，不然那么多作业没时间写，或者写作业到很晚，影响休息，影响第二天上课。

儿子起不来，动作慢，是他太困了，有时坐在马桶上就睡着了，他太缺觉了，自上学以来他基本没睡过自然醒，八九岁的孩子正是长身体的时候。妈妈心疼你，心里矛盾、痛苦，可是不能对你说。

作文之夜

下午回家后收到柳老师信息，说儿子未交作文。正欲给老师回信，父子俩进门了。

饭桌上我问儿子怎么回事，怎么不交作文。他起初说

不听话的儿子长大了

本子在家没带去；再问他又说是好多天以前布置的作文，昨天要交时忘记带去了。我觉得奇怪，如是这种情况没交作文的应该不只他一个人，可老师发的信息不是群发，只是针对他一人。我们再追问："作文到底写了没有？既然写了为何不交？"儿子这时顾左右而言他。我火了，冲他吼起来，他这才说了实话，是多少天以前的一次课堂作文，他们在课堂上写了草稿，老师要求带回家誊写第二天再交，可是他没按老师的要求做，没誊写作文，当然交不了。

我们让他现在誊写，可儿子说带回来的作文草稿没找到。我们又与柳老师通了电话，柳老师证实儿子的确在课堂上写了作文，题目是《端午节》。

没找到草稿只有重写。再看他发回的作文本上《保护知识产权》一文，老师批语要求修改。这是一篇自命题作文，我看过后感觉基本要重写。而老师还留了一篇作文要誊写，所以这天晚上要写三篇作文：补写《端午节》，重写《保护知识产权》，誊写《小兔挑食》。

是晚作文写到深夜。

我头痛

下班，骑车去接儿子。他已在阿姨家吃过晚饭，进门边换鞋边对我说："妈妈，我好困啊。"一副无精打采的样子。

我一看表，六点十分不到，"那你赶快到床上躺一会儿吧，就一会儿啊，时间长了影响晚上的睡眠，生物钟会乱的。"

"好吧——"儿子半闭着眼睛，走进房间，一头栽到床沿上再不动了。我只得帮他，迅速给他脱去外裤，把他移到床上睡好，垫上枕头，带上门出来。

六点半我推门进去，儿子睡得正酣，看那样子如果不叫他可以一直睡到明天早晨。我不忍心叫醒他，轻轻走出来想让他再睡十分钟。十分钟后，我怎么叫他也不醒，我拧块湿毛巾给他洗脸，他毫无反应，我又是打屁股又是拍打脸颊，总算让他迷迷糊糊地醒了。我扶起他，半推着把他带到了书桌前。我一看表，又过了十几分钟。

我急了："儿子快醒啊，还有那么多作业呢。"这一声很管用，儿子睁开了眼睛。

写了不到一会儿，儿子说："妈妈，我头痛。"

我知道他太困了，睡眠严重不足引起的。

"看到的都是重影，都不知道自己写得漂不漂亮。"

我赶紧过去坐在他身后，轻轻帮他拍着脑袋。我觉得这样会影响他写作业，随手拿过他的红领巾给扎在额头上。

"好些了吗？外婆以前头痛时就是这样扎一块方手帕。"

"好些了。"儿子口里说着，一只手却托着头，另一只手写字，口里还"哦哦"地叫着。

"妈你快来帮我扶一下，我头痛得厉害。"儿子朝我叫着，我赶紧帮他扶住脑袋。

儿子边写着作业，边打着哈欠。

"今天作业多吧，上了八节课。"

"应该算九节课。今天中午老师给我们抄作业，也是40分钟，等于上了九节课。"儿子道，"本来上午三、四节课是35分钟，现在也是40分钟了。"

儿子边和我说着话边写作业，我没有阻止他，想以此分散他的头痛。

我看了他的作业，语文、数学、英语都有，语文除了书本上的作业，还另外布置了作业。他每天作业要做到晚上近十点。

看着头上扎着红领巾的儿子，我好心疼啊！

操心的孩子

上午十点来钟的时候，接到儿子从学校打来的电话，说《语文评价手册》忘在家里了，让我给他送到学校去。

放下电话，不久前给他送书的情景浮现在眼前。

那天早读时我赶到学校给儿子把书送去。柳老师看见我，把他叫出了教室，严厉批评道："书包为什么不自己整？总是这样落东西，不是今天这个忘了带，就是明天那个没有带。妈妈不要工作不要上班吗？专门给你送东西的？"老师虽然是批评儿子，但我听出来也是在批评家长，言下之意你们家长就是迁就他，他落下东西只要一个电话你们就给他送来，他觉得有依赖了所以不在乎，才会不仔细收拾书包。老师的话虽然不好听，但是有道理。打那以后，时间再晚我也不为他收拾书包，让他自己整理，并提醒他，再落下东西妈妈是不会送的，不用打电话。

我犹豫了一下，《语文评价手册》没给他送去。就让老师批评，这样他才会吸取教训。

后来发现，评价手册并不在家里，他又弄丢了。我只好奔新华书店重买一本，再送到小饭桌让他下课后补上作业。儿子上学三年，第一次丢了一本书，第二次丢了数学练习册，这是第三次了。

今天我没去学游泳，心情沉重，担心沉到水里起不来。

闹心的孩子

下午刚到办公室，椅子还没坐热，接到儿子从学校打来的电话，要我赶快替他送语文3号本到学校。听他那急促的声音我知道事情很急，尽管生气，尽管很不情愿，尽管曾赌气说不再给他送，但我还是无奈起身回家给他找本子。

迅速赶到学校，教室里只有柳老师一人在改作业，同学们都不在，去电教室上课了。柳老师说："书包翻了个遍也没找到那本子，于是他想把黑板上老师抄写的作业记到另外的本子上，我不同意，要他打电话叫家长把本子送来。他说没电话卡，我说那不管，自己想办法，一定要打电话。这不，他向同学借了一张电话卡给你打了电话；上体育课时，我欲留他抄作业，他一溜烟跑了，他要上体育课；接下来是信息课，这堂课是考试。我早早地盯上了他，见他又要走，立即叫住他留下来抄作业。我知道他喜欢电脑，就是想借此治治他。他不答应，说题目可以回来抄，考试不参加就没成绩了，急得哭了起来。"柳老师笑笑，继续说道，"我哪能真不让他参加，在同学们都走了以后让他去了。他飞也似的冲出了教室。他脑子反应可快了，将来是个人物，就是要好好教育。"

儿子的书包张着大嘴，空空地立在座位上，课桌上堆满了他翻出来的书、本、文具，可见刚才他扫荡了一番。

告状的日子

一大早父子俩出门了。我正准备去上班，接到儿子电话，说数学作业本落在家里了，要我给他送去。我感到身心疲惫，真不想给他送去，但想到他没法交作业，老师又要批评了，还是给他送去学校。

操场上同学们在整队准备升旗了，教室里只有裘老师一人在批改作业。我把作业本交上，裘老师说了一通儿子的表现：精神散漫不集中，学期临近尾声没有紧张感，要么在座位上愣半天"望呆"，老师叫他才回过神来，要么书包一放下就找同学说话。儿子入学三年共六个学期，几乎每个学期尾声都成了老师集中告状的日子，老师们担心他丢分，希望他认真起来，能考出好成绩，裘老师笑着说："你在家是不是不让他说话呀，怎么到学校有那么多的话说？"我笑笑，没回答老师的话。儿子从小爱说话，他是个性格外向的孩子。他管不住自己上课不说话，在班上少说话。

其实他在家也话多，每天吃饭总有话说，告诉我学校的见闻，好笑的我跟他一起笑，不好笑的我告诉他为什么不好笑，我觉得多听他说可以掌握孩子的思想动态，帮助他明辨是非，所以在家说话我从不责备他，也因此儿子什么话都愿意跟我说。

一天我们在饭桌上又絮叨，要他上课专心听讲，作业认真完成，别再让我们操心了，有脑子就要好好用。

儿子就对我说："我们同学说，把×××当宠物养挺好的。"

"什么？"我们听了很吃惊。那是儿子班上一个长得高高大大非常壮实的男同学，学习很认真但成绩不好。

我和他爸相互看了一眼。

"这话你不能说啊，这是对人不尊重。"我们再三叮嘱儿子。

"嗯。"儿子点点头。

因为学习成绩不好或脑子不够好使就歧视一个同学，非常不应该。人的一生可以做的事情很多，并非只有学习，也许在某个领域他能做得很好，甚至取得出色的成绩。一位教育学家曾经说过，任何时候都应尊重孩子的人格。

柳老师祖传的

期末考试一结束，寒假就到了。

这次的语文试卷班上不少同学作文写得不好，柳老师就让这些同学假期每天写一篇日记，就是说，除了同学必交的几篇作文以外，这些同学还要多写几篇。

"寒假本来时间就短，还要过年呢，还有其他的作业，这些同学休息不到几天了。"儿子在饭桌上非常生气地说着这件事。

我说："这种方法可能是不太好，但老师也是为这些同学好，希望他们多练习。"

儿子说："你别说这种方法不太好，你应该说，柳老师一点都不好，因为这种方法是柳老师祖传的。"

我看着儿子很想笑，因为柳老师经常用这种方法，儿子口不择言，就说是祖传的。

繁重的课业

现在的孩子真是不容易，课业的繁重程度即使成年人也未必能够承受。这里抽取儿子常态下的一二学习生活状态。

每周二、四下午是"延时班"时间，放学较晚，家长下班后可以直接到学校接孩子。这两天孩子全天八节课，科目齐全，带回的作业除了语、数、英外，还有科学、品德作业。

我快速做好晚饭，儿子边吃饭边听英语，只要儿子不在写作业，英语总在播放，这是儿子上幼儿园开始家里的背景"音乐"，每天英语伴他入睡，早上叫醒他起床。

儿子吃完饭跟读本周上的英语课，读过三遍，他说要上厕所，刚坐在马桶上，我给儿子送上每日必做的口算练习和计时用的手表（有时来不及跟读英语就要上厕所了，就把 VCD 音量放大，他拿着书坐在马桶上跟读），再拿一本厚点的书给他垫着写。

回到房间继续写作业。这天完成作业已近十点，我让儿子赶紧收拾书包，准备洗漱上床睡觉。儿子说："我还要做奥数呢。"

"今天就不做了，太晚了，明天起不来的。"

"不行的——明天要交给老师改，一次不交这个星期就不算，就得不到小红花的。"

"好吧，那就快点吧。"

"哎呀，你别催了——"

"妈妈担心你睡眠不够啊，妈妈心疼你呀。"

"我知道了——你就别心疼我了——"

十点多完成了所有作业。为了让他尽快上床，我照着课程表帮儿子整理书包，儿子感激地亲亲我："谢谢妈妈！"

儿子终于上床了，平日播放的英语我不敢放，我想让他尽快入睡。

次日早晨，为了让儿子多睡一小会儿，我七点差五分叫醒他，DVD 里放着英语。儿子困得起不来，在我的一声声叫唤下闭着眼睛从被子里慢慢爬起，两手趴在床上，我把一件毛衣套在他头上："别让妈妈弯腰好吗，妈妈这几天腰又痛了。"这句话最灵验，儿子听见我腰痛立即从被子里钻出来，被子褪到了腰下，跪在床上，身子立着让我省些力，眼睛还闭着摸索着往袖管里伸手。衣服总算穿好了，我推着儿子往卫生间里走，帮他洗脸，他仍是睁不开眼睛，口里嘟囔着："妈妈，我好困呐。"

我心疼不已："所以妈妈让你早点睡啊。快去吃饭吧，吃完饭去上学，爸爸已经把馄饨煮好了。"

"我怎么上学呀，我宁可不吃饭也要睡觉。"

儿子走进客厅，闭着眼睛往沙发上一靠，他想睡觉。

我看时间已经不早了，狠心对儿子说："馄饨在桌上了，吃不吃随你啊，到时候在学校饿得胃痛，老师打电话来我可不管。"

儿子不吭声，仍靠在沙发上。

"昨天不想今天的事，昨晚怎么不想到今天起不来啊。"我口里这么说，心里却是虚的，有那么多作业，儿子能早睡吗，能怨孩子吗，他一刻也没耽搁呀，他要真不管作业倒头就睡我会急死。

"还有几分钟啊！"他爸催道。

"你别叫他，饭已经在桌上了，吃不吃随他，到时间拉他走就是了。"我急了，就要出门了儿子还没吃早饭。"你检查一下，红领巾、鞋子，是不是都弄好了？到时间就跟爸走。"

儿子这才睁开了眼睛，上桌吃馄饨了，带着情绪："好烫啊！"

我舀出几只馄饨放空盘里帮他吹凉："现在不烫了，妈妈喂你。"儿子好乖地点头，边喝奶边接着我喂他的馄饨。我安慰他："人都有睡眠不足的时候，妈妈昨晚也没睡好，其实跟你一样眼睛都睁不开，可妈妈还要帮你穿衣洗漱。你们柳老师家住那么远，还有一个那么小的孩子，她的睡眠就够吗？每天还得上课，五十个同学，作业要一本一本改，作文要一篇一篇写评语，上次妈妈去学校时，见柳老师那么重的感冒还在给你们上课，她不想休息吗？不行啊，该干什么还得干什么。"

父子俩终于出门了，我松了口气。

非"延时班"时也一样，就在头一天，儿子吃着晚饭听着英语。见他吃完下桌，我想让他跟读英语，儿子一声不响地溜进房间，我推门进去，见他坐在桌前做数学复习卷，我不再说什么，悄声出来，我看时钟是六点四十。

儿子做完数学卷，我问他还有多少作业，他说还有不少。

儿子开始做语文卷，一张 A3 纸，小四号字，两面都是题目，且大多是阅读理解题，不是提笔就能做的，要读题思考。这张卷子做了两个多小时。接下来是英语听写，我帮儿子报题，代替录音机，这样可以省去倒带、走带的时间，英语作业完成约半小时。

儿子哈欠连天地写着作业，说眼睛模糊，看东西是重影，眼睛痛，我知道这是用眼过度，近视的前兆。我揪心地疼，我自己是高度近视，最担心儿子的眼睛，我让他闭上眼睛运运目，休息片刻。我多想让他中间能休息一二十分钟，带他跳跳绳，放松放松，可那就要挤占睡眠时间，睡眠就更少了，我只想让他快点做完早点上床。

我削好苹果，切成块装在盘子里，放上叉子，想让他边写作业边吃，我知道写作业时吃东西不是好习惯，可儿子没有专门的时间吃水果。儿子走笔如飞，只听见"沙沙"声，他顾不上停下来吃水果，我只好一块块送他口里。我听见他运笔的急促声，我知道那字不可能工整，但我还是有口无心地提醒他："儿子，字要写好啊。"

"嗯。"儿子答应着，头也不抬，手里的笔丝毫没有减速的意思，我看着儿子的背影，心里真不想儿子慢下来，老师，请多理解孩子吧，这么多作业，我不能要求他字写得多么好看多么工整啊。

孩子需要知识，但更需要睡眠，需要休息，需要身体！

近十一时，儿子终于完成了作业，我迅速帮他整理书包，一边刨铅笔一边催他："儿子，快去洗漱，妈妈帮你整书包。"我整好书包跑进卫生间，儿子趴在水池边上睡着了……

遗憾的心情

六月二十七日，是儿子本学期期末考试，上午语文，下午英语，次日上午是数学。

学校门口公布了各个班级免考学生的名单，上面没有儿子的名字，三门功课无一免试，我感到好遗憾！

要论成绩，儿子的英语、数学应该在免考之列，但他没能得到这个荣誉，一、二年级有过。没给他免试的理由我们很清楚，一个平时表现不佳，作业达不到老师的要求，和老师争辩甚至不服老师的学生，不太可能获得免试的机会。

他们班上有几个聪明的"小精豆"，其中包括儿子，这次免试名单里那几个同学都在其中，唯独没有儿子。

我注意儿子进校门时，瞥了一眼门口的公告牌。看见儿子背着书包的背影，我心里酸酸的。

上班路上我自己反思，还是要盯紧儿子，没办法，谁让他管不住自己呢。要让他认真起来，上课专心听讲，作业按时完成，不和老师较真，老师说什么就听着，有则改之，无则加勉。希望儿子能以全新的面貌进入四年级。

妈妈你有压力吗

柳老师这学年刚接手班主任时，为了提高班上的语文成绩，经常布置一些校外复习卷，需要为全班打印，柳老师会在班上问同学，谁愿意为集体做好事？每次都会有不少同学举手。儿子坐在第一排，为了得到机会，他会从座位上站起来，把手举得高高的，站在老师面前。儿子得到了这次机会。

事后他问我："妈妈，你有压力吗（指复印卷子）？"

我笑了，他还知道"压力"。我跟儿子说："即使有压力也要帮你完成任务，妈妈要对得起你争取到的机会。"

后来有一次，学校举办"家庭道德培育行动方案"评比，儿子要我参加。我认为这对孩子也是一种激励，就参加了比赛，获得了一等奖，儿子很高兴。

这学期，学校组织家长征文竞赛，征集所谓育儿论文，我理解就是培养孩子的体会心得。柳老师在班上做了动员，希望家长积极参加，踊跃投稿。儿子回来跟我说："妈妈，你写吧。"儿子鼓励我写。柳老师找到我，让我写一篇，说是教育局组织的。

我在给儿子写的日记中，找出一篇整理成文，交了稿。

教育局将征文收上来以后，组织了一批专家学者阅卷，其中有儿童心理学家，有退休语文教师。阅卷采取"背对背"的方式进行，先将每一篇征文的作者姓名、学

不听话的儿子长大了

生姓名、所在学校等密封起来，然后每位阅卷老师对所有征文各自打出自己的分数，最后根据老师们的意见，从高分到低分评选出一、二、三等奖和优秀奖，这项活动历时数月。

我的这篇征文获得了一等奖。在颁奖大会上，代表教育局发言的一位老师举了这篇文章的例子，说有几位老师阅卷时流泪了。文章是我的亲身经历，阅卷的老师大多是女性，作为母亲也许身有体会吧。在此录入该文：

我跳得不好，被换下来了

"爱护自己的孩子，这是母鸡都会做的，但教育好孩子却是一门艺术。"这句高尔基的名言是我们培养孩子一以贯之的理念。孩子在成长过程中会遇到种种问题，作为家长要循循善诱。以下记录的一段文字是孩子在遇到挫折时，家长如何疏导孩子正确地面对挫折，最终让孩子转忧为喜的故事。

——题记

"六一"儿童节前的一天，早上我送儿子上学，骑在电动车上一路有意跟儿子说笑，逗他开心。我这么做是希望他今天不至于太难过。

快到校门口时，已看到不少孩子穿着少先队队服——学校今天举行"六一"节前的集体舞比赛。比赛以班级为单位，今天是预赛，预赛胜出者可以在明天举行的全校庆祝活动上表演。

校门口挤满了送孩子的汽车、电动车、自行车。我插缝骑到学校大门的最近处，让儿子下车。儿子一下车，看到他的一位同班同学，同学也正从他妈妈的自行车上下来，儿子热情地叫着同学的名字，与他打招呼。同学穿着队服，看到儿子一身便装，问道："你不参加跳舞啊？"

儿子笑着说："跳得不好，被换下来了。"语气有点遗憾，但还是一副不太在乎的样子。看着儿子能这样，我的心略微放宽了些。

儿子背起书包，拎上队服，与同学一道进校门了。

看着儿子的背影，我的眼睛有点模糊了，昨晚的情形又浮现在眼前……

昨天吃过晚饭，儿子对我说："妈妈，明天要带队服去学校，要跳集体舞。"

"是吗？"我听了挺兴奋，现在的孩子课业负担重，集体活动太少，能有机会参加这样的活动我替儿子高兴，"妈妈今天上班也听同事讲她女儿要跳舞，还要准备白皮鞋。"

"是，女同学都穿白皮鞋。但是我不跳，汪老师让我带队服去是借给同桌。"

"你干吗不跳？有多少人不跳？"我急忙问。

"有四个人不跳。"

"只有四个人不跳，是因为表现不好吗？"我尽量让自己的语气放平静，不让他感到我在着急，这样孩子才会对我讲真话。

"不是——"儿子拉长着声调说，"开始是我跳得不好，跳得不好老挨批评，老师批评了我心情就不好，心情不好就表现不好了，所以就被换下来了。"

"哦，是这么回事。"我笑着说，"你同桌不是女同学吗，怎么能借你的队服呢？"

"男同学不够了，有两个女同学要跳男生的。"

撤下来的四个人都是男生，他告诉了我其他三个男生的名字。我为儿子感到难过，心里很不是滋味。

但想到儿子在形体协调方面可能是弱些，便安慰他："这是集体舞，如果有一个人跳得不好就会影响到整体，影响到全班的荣誉，老师考虑到这点所以才把你换下来。如果你们班跳得好也有你一份功劳啊。"

"他们跳得好还是不好都不关我的事了——"儿子灰心地说。

"怎么这么想呢，你也是这个班的一员呀，你们班取得荣誉也有你一份呀。你看，你虽然没有跳舞，但是你借服装给同学，你也出了力呀。你明天要为他们加油，希望他们跳得好，取得好成绩，知道吗？"

我还告诉儿子："人没有全才，我们可以扬长避短，发挥自己的长处，比如你个子不高，在运动方面是会比别人弱些。但我们可以参加其他的比赛呀，以后还有很多比赛的机会，比如数学、语文、英语竞赛，都可以参加，发挥自己所长，只要努力。"

我把儿子的队服准备好，还有一双白袜子，一起放进一个塑料袋里，让他第二天去学校时一起带上。

入夜，儿子睡了，我的心却难以平静……

我替儿子委屈，我知道他是很想参加表演的，他是个爱表现的孩子，老师这样换下他我怕伤了他的自尊心，怕打击了他的自信。但又想，儿子可能是跳得不好，不然老师不至于让女生去代替男生表演，而且让一个被撤下来的孩子借衣服给那个顶替他的人，这样太残忍，老师不会这么做。但我心里还是不舒服，那种感觉就像别人吃了我名下的饭，还要我为他提供碗筷。于是打电话给出差在外的孩子爸，想听听他的想法。

我把过程讲给他听，并谈了我的看法。他爸一听，说："这有什么，不跳就不跳。他如果跳得不好，影响集体荣誉，老师自然要把他换下来的。没关系的，要他明天大大方方地把衣服借给同学。这没什么，小孩子有点挫折感对他有好处。"

他的一番话让我宽慰了许多。

第二天清晨，我把他的话转告给了儿子。儿子听了挺高兴，也许因为我们的安慰、我们的鼓励，他似乎没有太失落的样子。

看着儿子欢快、轻松的背影，我欣慰地笑了。我在心里默念着：儿子，妈妈爱你！但要努力。

人的一生没有一帆风顺的，总会遇到各种各样的挫折。对挫折的良好心态是从童年和青少年时不断受挫和解决困难中学来的，"有十分幸福童年的人常有不幸的成年"，意思就是很少遭受挫折的孩子长大后会因不适应激烈竞争和复杂多变的社会而深感痛苦。所以挫折在对孩子的教育中不失为一剂良药，作为家长要有意识地对孩子进行挫折心理承受力的教育，培养孩子内在的自信和乐观，要让孩子懂得只有鼓起勇气努力向前，才能最终克服困难战胜挫折。挫折教育最终就是要让孩子不仅能从别人或外界的给予中得到幸福，而且能从内心深处激发出一种自找幸福的本能。这样将来走向社会，在任何挫折面前都能泰然处之，永远乐观。

我获奖柳老师很高兴，儿子当然更高兴，看见他开心，我倍感喜悦。后来教育局将获奖征文编辑成册正式出版，给每位作者赠送了一本。

不轻松的暑假

为了孩子的学习，一家人身心疲惫。

学期结束前，为了让孩子能在暑假放松一下，在几位家长的强烈要求下，课外英语班的课程停了下来。暑假我们不打算给儿子安排别的课程，想让他利用这个时间把这学期未学透的课程，比如语文课，再好好补习一下，多阅读，习作文。可是儿子说，奥数班还是要上的，暑期如果不上他担心开学后奥数跟不上。我们很是欣慰，儿子这么好学。可是儿子对电脑又很感兴趣，他一定要报暑期的电脑班，学习编程。这么一来，七月份前半段上午是奥数，晚上是两小时的电脑课。

电脑课上遇到同学的妈妈也送孩子来学习，我们坐在一起交流孩子的学习情况，一交谈才知道，那孩子除了电脑和奥数班外，还有作文班、习字班和小博士班。

他爸听了以后，觉得儿子的作文也需要加强，要我给儿子报作文班。上课时间是七月下半段，五天全封闭学习。这么一来儿子暑假就报了四个学习班。

电脑课即计算机课，进度非常快，对一个小学三年级的孩子来说，很难跟得上，许多内容比如数学方面有些知识是过去大学生才开始学的，难度可想而知。计算机课程是两期，第一期结束后要通过测试才能进入第二期学习。儿子喜欢，他想接着上第二期，他爸就在课后给儿子讲解课上内容，让儿子理解。儿子可以进入第二期的学习了，可是时间与奥数班、作文班相冲突，就打算报八月份的第二期计算机课。

儿子原本计划课程都安排在七月，八月份留给自己，这么一来，八月份要安排课程了。我不忍心跟儿子谈，我想着他流泪的样子，我的眼泪已经出来了。

他爸跟儿子说了，计算机课只能安排在八月，七月份实在挤不进去，并告诉儿子，老师也不主张让一个小学三年级的孩子紧接着上第二期，老师认为这么小的孩子学习这个课程已经相当吃力，需要时间来消化、理解课程内容。根据儿子的情况，老师认为报八月份的第二期是明智的。儿子听了爸爸的话没有闹，只是流泪。看着他我心里好难过。我觉得我们太贪心了，儿子自己主动要求上奥数，学电脑，可是我们又给他加了奥语和作文，让他的时间挪不出来，没时间休息。

就这样，我上午接送儿子上奥数、奥语班，晚上再送他去师大上电脑课，下了课他爸开车过来接儿子回家。

电脑课讲编程，每晚两小时，内容又多又难懂，儿子太小，数学知识有限，有不少知识点不能理解，每天一到家就在电脑上琢磨，爸爸帮他讲解，他自己苦苦思索，经常到晚上十一点。

儿子每天除了上课还有带回家的作业，奥数、奥语、电脑课作业，每天从早忙到晚。

儿子累，我也感觉好累，每天除了上班，还要接送儿子上下课。为此家里几乎不开伙，或者在外吃，或者订盒饭，为节省时间，为养精蓄锐。

他爸也累，白天要上班，晚上还要挤出时间给儿子讲解他不懂的知识，每天坐在儿子身边就睡着了。单位安排他爸去外地全封闭学习五天，这期间儿子第二期电脑课开学了，他爸在走之前给儿子预习好前五天的课程，这样儿子不会跟不上。他是一个好爸爸，一个负责任的好父亲。

我们三人都辛苦。

我心里惦着年迈的老父亲，本来打算让他七月底或八月初过来住段时间，现在儿子学习时间有了变化，没时间关照到父亲，老父亲过来的时间也得往后推了。真对不起啊，我的爸爸！

四年级

学会好好说话

四年级开学第一天，下班后我到"小饭桌"接他回家。儿子坐在电动车后，我问他课程表拿到没有，他说还没发，但老师已经贴在教室里了。

"那你记下来了吗？明天上什么课？"

"我只看了今天上的课，明天的没看。"

我一听就急了："那你明天带什么书？你今天只带了

一部分书包就重得不得了，那你明天不得把所有的书都带上呀？好吧，那你明天就拎吧。"

"可是今天老师没发啊。"儿子好像很委屈。

我气呼呼地说："没发你就不会自己记吗！妈妈小时候读书时哪有每人发一张课程表的，就是老师贴一张在墙上，我们自己记下来回到家拿白纸画格子做一张课程表贴在文具盒里。不是给你带了记事本吗？不记一星期的，至少也要把明天要上的课记下来呀，记事本不记事的啊！你就没把心思放在学习上。"

儿子无声。

我感到自己过火了，说得太多太重，不再说话。

这时儿子怯生生地说："我今天在学校好听话啊，下了课一动不动，你还说我没把心思放在学习上。"

我挤出一个笑："你有进步，妈妈该表扬你。"

"今天老师还表扬我了，说我坐得好。"

"哪个老师表扬你？"

"柳老师。也不是表扬，就是说看看成诚坐得多好。"

"在班上说的吗？"

"是。"

"那就是表扬。"

回到家后，儿子打了一通电话，给几位老师心目中的好学生一个个打电话，居然没一人记下了明天要上的课。儿子得意地说："你看看，连他们都没记，你还说我傻。"我笑笑说："也许是你们习惯了老师发课程表吧，一旦没发不会想到要记下来。"

晚饭后写作业时，见儿子还在磨蹭，我一急，又对着儿子吼起来。儿子没吭声，我马上意识到自己太过分了，像个不会好好说话的人，一开口就是吼叫。

儿子待我气平后说："妈妈，你不是说不对我大声说话的吗？"我一把抱住儿子，使劲搂住他，说："妈妈不对，妈妈不对，妈妈不该这样对你说话。其实我儿子挺好的，妈妈就是见不得你磨蹭，看你耽误时间就着急，妈妈觉得时间太宝贵了。"

"好的。我会改的，我自己也想改好。"

"知道，妈妈知道，改是需要时间的。"

"对，需要时间。可是你们不能用凶、吼、打的办法来帮助我改啊。"

听到这话我好心酸。多好的儿子啊，可是我为什么就没有耐性呢？一点点事火就蹿上来。为了改掉这个毛病我跟儿子讲过多次了：妈妈不再大声说话、大声吼叫了，有话好好跟你说。可是一旦看见儿子有点毛病就又控制不住了。我让儿子改毛病，自己的毛病为什么就改不掉？我的毛病比儿子的更坏！

我又一次告诫自己：遇事不要大声，不要吼叫，不要吓着儿子，学会好好说话。

破坏学生休息时间

9月5日，开学没几天。

晚饭桌上，我跟儿子聊天，说他不认真，刚开学第一次数学作业就出现"及格"，有道题要求计算并验算，他没仔细读题，结果没验算，得此"殊荣"。他说那不是第一次作业，是家庭作业，已经是第二次作业了，第一次是中午休息时间老师布置的，那次全对。

说到"中午休息时间"儿子突然不高兴了，说中午老师也给我们布置作业，占用我们休息时间。我说，老师大概觉得时间不够用，就利用中午时间给你们布置作业，老师也是为你们好。儿子不服："破坏学生休息时间，破坏学生自由时间，再为学生好也是不好的。我要开博客，在网上写信让学校知道。"

我笑道："老师知道是你写的会伤心的。"

儿子不说话了。

老师没情趣

中秋节。按照课程表周二四点五十下课。听见领导说没什么事大家早点回家过节吧，我立马下楼骑车奔学校去接儿子。

路上，我问儿子："今天作业还多？"

儿子说："语文、数学老师都说今天是中秋节就不布置太多作业了，只有一点点作业。可是贺老师却布置了一张大英语卷子要我们做。真是一点情趣都没有，好狠心啊！"

我骑在车上大笑，儿子用到"情趣"我觉得好玩。我说："中秋节虽说是传统节日，但还是和平时一样啊，你看大家不是都上班、上学的嘛。贺老师也是把今天当平常日子，所以就正常布置作业了。"

"可是毕竟是中秋节嘛！"儿子不服气。我笑笑，表示赞同他的观点，儿子坐在车后看不见我的表情。

这天儿子发烧，身体不适，无食欲，也不适合吃太油腻的菜。他说："好倒霉哦，中秋节生病，什么也吃不到，也觉得不好吃。"

气愤不已

下班正准备去学校，就接到儿子用老师手机打来的电话，要我去学校，我的心一下就"扑通扑通"地跳起来，儿子又犯错了。

一进教室，陆老师正训一个学生，家长就站在孩子边上："几次作业不做，要他去办公室见老师，还置之不理，好大胆。"儿子正在座位上写着什么，我走过去问他："你是不是犯了和那个同学一样的错？"陆老师走过来，我们打了个招呼，陆老师翻开他的作业本，对我说："我写了要他到办公室来居然没来，而且错题不订正。第二天布置的作业故意不接着我批改的那面写，翻到另一页写，掩盖未订正的那面，以为这样老师就发现不了，这就是你儿子做的事！昨天四道奥数题也错了两道。这种学习态度怎么学得好！还有什么好想的，什么也别想！"这个"什么也别想"的意思是指参加各种竞赛，如能得奖将来小升初能进入重点中学。

我很生气。我让儿子收拾书包跟我回家。路上我一句话没说，他也不敢吱声。到家后他立即进房间写作业。

我自己在房间里流泪，难过极了。我心中夹杂着一种无可名状的火，无处宣泄的火，我从前那个好学的孩子不见了，那股求知欲不见了，变得厌学了，他还有漫长的学海之路，一旦厌学，书还怎么念下去，我担心毁了他的前程，我一个聪明好学的孩子的前程。为什么会这样？

五年级

淘气包

九月十一日，开学十来天，下午刚进办公室，手机就响了，我一看显示"柳老师"心里就直跳，儿子又有事了。

柳老师在电话里说，他的作业简直看不下去，字写得一塌糊涂，涂涂改改，问我看过了没有。我说看过他的作业了，打算买一本新练习册，做不好就要他重做。

老师又说他事多，别人的事他也管，同学有错被老师批评了，他要人家把事情经过写给他，他要知道……

挂了电话，我心里有种说不出的苦恼，这才开学几天问题就来了，这孩子什么时候能长大呀！

我又开始急了，但我很快冷静下来，我早晨出门时还告诫自己：孩子就是在淘气中长大的，在成长过程中会不断表现出这样那样的毛病，这时候家长要不断地纠正他，教育他，帮助他，这本身就是家长的责任。我打算晚上等他回家后再详细问明白。想到这儿心里放松了些许。

放学回到家，我问他："管别人的事是怎么回事？"

"柳老师那么狠狠地批评王康，所以我让他把事情经过写给我看看。柳老师批评得太严厉了……"儿子眼泪哗哗地流下来，好像老师批评的是他，"我们全班同学都为王康抱不平……我就是出于好奇心，想知道到底发生了什么事。"

"你知道了又怎么样呢？你是谁啊，你能解决什么问题吗？"

"我就是你儿子，我什么问题也解决不了，可我就是想知道。"

我忍住，没发火，去准备晚饭了。我想待他平静下来再慢慢跟他谈，先让他去写作业。

他爸下班回来后知道了事情经过，对他说，老师严厉批评同学一定是他做错了什么，是在帮他，制止他的不良行为。如果老师不这么做，等于在害他。

儿子听后没再说什么。

早上醒来还在床上时，我再次叮嘱他，作业要认真，儿子点点头。

又让老师生气了

上午十点十分，我还在上班，柳老师打来电话，非常生气，告诉我儿子上课不专心听讲，说他上课时突然从座位上消失，人钻到桌子底下去了，只见一个屁股撅在那里。

老师让他站起来，他说是帮同学捡东西。老师批评他不可以这样。儿子非常委屈，认为自己是乐于助人，不服老师的批评，哭着说自己没有错。

老师打电话时儿子就在边上，还在流眼泪。

我和儿子说了几句话，让他接下来的课要专心听讲，捡东西下课以后再捡，不能影响上课。儿子答应了。

好累呀！儿子，为什么总是让妈妈这么操心啊！

劳心的孩子

昨晚气得我又狠狠教训了儿子。

一到家，我拉他进房间，问他知道错了吗，他说知道。我问他什么错，他回答："数学作业错了四题。"我说还有呢，他说："语文作业除了要背《画龙点睛》外，还要求背《金蝉脱壳》的第四、第五自然段。"但他之前只对我说背前者，背过后我在课文上签了字，对《金蝉脱壳》只字未提。而他在学校却对老师说家长签名签在了一处，意思是两篇课文都背了。这是我最生气的地方，不想背课文就要滑头。就在头一天，语文课时他还用钢笔套戳指甲，被老师当堂没收了笔套。陆老师也反映他上课走神，老师讲到哪都不知道。

几件事加在一起，我胸中的火直往上蹿。五年级的学生了，连最基本的上课听讲、作业认真完成都做不到，这可怎么办？我心急如焚，心脏直打战。

不听话的儿子长大了

气愤了的班主任

期末考试前，我每天中午去学校看儿子，盯他的学习以及表现，虽然辛苦，但没办法，儿子管不住自己，难以达到老师的要求。

寒假过后，新学期开始，仍不敢掉以轻心，每周至少两次中午到校与老师沟通，每日照样叮嘱儿子要按老师要求做。开学两个多月，我们感觉儿子在进步，但语文成绩还是差强人意，故而班主任柳老师对他的态度还没有明显改变。

这天我到学校时还没下课，就站在教室门口听了听，不像是语数英课，于是下楼去老师办公室，果然，语数老师都在。

柳老师让我坐下说话，仿佛好长时间不见了，有好多话要说，我前天还到校的，见面时她并没说什么，只是讲儿子单元测试卷订正后还有不少错误，要重订，我还跟她一起看了儿子的试卷，我当时跟柳老师说儿子考得不太好，很惭愧，有种对不起老师的感觉。柳老师说别这么讲，态度很和蔼。

可是我一落座，柳老师对我说：这个孩子很聪明，但是怕会走弯路，学习阶段可能就这么过去了，大了很难说。我一听，以为儿子在校做了什么错事，出了什么大问题，眼睛直勾勾地看着她，等她把话说出来，心想真有什么原则性问题，比如道德品质，那可要趁孩子年龄还小赶紧教育纠正过来。可是听下来，也没听出所以然来。

柳老师说，数学也不见优势了，英语也落下来了（其实儿子的数学英语都不错，有过几次免考，只是不易考满分，不是忘写一个单位就是丢掉一个括号，或者少写一个步骤等等），昨天学校体操比赛，也不好好做，无精打采的样子，后来看到评分老师一个个拿着表在记分，这才认真起来。平时体操就做不好，让做得好的同学教他，还不愿意。下楼排队时，一下跑到这个同学前面，一下跑到那个同学前面，他这是要干什么呀？个人卫生也不注意，桌子下面都是纸，蟑螂都引到班上来了。我们正在学的《音乐之都威尼斯》里面有个数据是2200，我说应该读二千二百，他非要跟我争，说要读两千两百。

这时，数学陆老师起身走出了办公室。

柳老师继续说：他说数学老师这么教的，就读两千两百。我说，我这是语文课，不是数学课，就跟我顶，说要读两千两百。

说到这里，我看柳老师非常气愤。

下课铃声已经响过，午饭时间到了，老师要回教室吃饭。我与柳老师一同走出办公室。

下午放学把儿子接到家，告诉了他柳老师说的情况。

儿子说："柳老师跟你说的话和在班上跟我们大家说的不一样。班上有蟑螂了，都是那些女同学带零食来吃才引进来的，柳老师还要她们再不要带零食来了。"

"那地上的纸是怎么回事呢？

"那是不小心丢了两张在地上的（儿子这几天感冒，给他带了纸巾擦鼻涕）。"

"给了你塑料袋，让你丢在里边的，你要是注意卫生，老师就不会说到你。那做操又是怎么回事？没个正经样，跑来跑去的干吗？你已经不小了。"

"那是快要迟到了，我赶紧往前跑，老师在倒计时呢。"

"排队也倒计时吗？"

"是，老师在数着5、4、3、2、1，所以我赶紧往前跑。"

"那为什么还跟老师顶嘴？不是告诉过你不要和老师顶吗？"

"是我们全班同学都在说，不读二千二百，应该读两千两百，数学老师就是这么教我们的。大家都和她争起来了。"

"那你也不要和老师顶啊，大家都说出来了，已经代表你的观点了吗，你何必还要说呢？"

"多一个人不是多一分力量吗？"

我哭笑不得。心里默念：儿子啊，老师就说你和她顶嘴，没说全班同学啊。

儿子的话我当然不能全信，但分析起来，柳老师对我说的一番话是带有情绪的，还有儿子平时跟老师"针锋相对"，老师气愤他这点，尽管"二千二百"这场争论不是他发起的，他只是其中之一，但老师记住了他，不想放过他，用儿子的话说，"柳老师太夸张了。"

儿子爱较真，争论问题时只要认为自己是对的，不会顾及对方是老师还是家长，不会考虑对方的身份。

真希望儿子随着年龄的增长，能够成熟起来。

学习态度

连日来心情一直不好，儿子的学习问题搅乱了家里的正常生活，整个人提不起精神，焦虑不安。

起因是他刚开学时的语文测试。这次成绩非常糟糕，分数是次要的，我们从未因他的考试成绩不理想而责备过他，只是透过成绩看到了他的精神状态，这是最让我们担心的。

柳老师也打来电话，语气沉重地说：看到他的成绩了吧，学习态度不端正过来，成绩还会往下掉的。老师的话就像一块秤砣，我的心直往下沉。

晚上搞到很晚，错题多，订正要抄题目，写了两大张白纸。老师要求家长签字，学生自己在试卷下面写上反思，可是这两项都没做。

老师看过他的订正后，认为还有错，要他拿回去重新订正，再补签字、写反思。可是儿子拿回试卷后，没按老师的要求做，试卷放在家里一字不动。几天后，老师问他要订正的试卷，他说放家里了。老师非常生气，一定要他上午就交。他蒙混不过去了，打电话给我，要我给他把试卷送到学校，并告诉我要签字。

接电话时我正在去上班的路上，于是掉转车头回家给他取试卷、签字，准备中午送去学校。我并不知道老师退回了他的试卷要他重新订正这回事，还以为是他那晚在家订正后一直忘记交了。

试卷交给老师后，老师发现他根本没有重新订正，这时候老师的情绪可想而知，一个电话打给了他爸。他爸去了学校。

他爸晚上回来并没有责罚儿子。

翻开他的记题本，发现记得很简单，柳老师说的要求熟背的第三课两个自然段，他没记上去，他不想背。他知道我们每天都会看他的记题本。

又是不按老师要求做！

开学第一周，数学本上连续两天出现"来"字，是老师要他去办公室。第一个"来"字他没去，老师又写第二个"来"。

又没听老师的话。

开学才十天，出现这么多问题，反映的是学习态度。这还是我的儿子吗？是那个孜孜以求、渴望知识的孩子吗？我不能相信。我焦虑，烦躁，情绪低到冰点。

拾玻璃渣

本学期刚开始，我每周到校一次了解儿子的情况，后来每周去两三次，其间还有老师打电话要我去学校，故而往返学校访问老师成为我生活的重心。

时间到了六月中旬，期末考试就要到了，暑假之后儿子将进入六年级小升初的学习阶段了。

这天我到学校，见教室里没人，就去办公室找老师。陆老师正在改作业。他说："数学这块他学得还是不错的，测试中有点波动属于正常，他只要上课听讲，作业认真做，应该是没问题的。"这时柳老师走了进来，陆老师突然想起什么："哦，我跟你讲个事情啊。"

陆老师说："就在昨天，二班教室的一块玻璃碎了，他（儿子）看见就捡了一些，说要做玻璃硅标本，柳老师叫他不要捡，把手里捡到的都丢到垃圾桶里去，你猜他怎么样，我学给你看啊。"陆老师坐起来，学着儿子的样子，口里嘟囔着，十分不乐意地走向垃圾桶，气冲冲地把手里的玻璃碎片朝垃圾桶里猛地摔下去，转过身来，叉着腰，气鼓鼓地对着柳老师。

陆老师就是不模仿，我也能想象出儿子当时的样子。他在家也这样，我们丢掉那些他认作是宝贝的东西时，他会到垃圾桶里翻出来。给他洗衣服时，在他的口袋里常常能搜出一些他捡来的螺丝、小针头、小吸管、粉笔头啊等小玩意儿，有的是他觉着好玩，有的是他说要用来做试验的。

柳老师接着说："那种东西怎么能捡呢，多危险啊，扎到人怎么得了，他好气愤啊，不肯丢掉，要跟我辩解。我说，你先丢掉再说。他的手里抓着玻璃渣在那里挥呀挥的，挥到人怎么办？"

陆老师说："我的一个熟人，就是不小心被一块玻璃碎片划到了手腕上，出了多少血啊，差点没抢救过来。"

老师当然是对的。

儿子这种爱捡东西的习惯在幼儿园时就表现出来了。他喜欢手工制作，喜欢小试验，一次在教室里他把菜汤和饮料等混合在一起，想看看是什么效果，结果让大家都恶心了。

不听话的儿子长大了

儿子已经五年级，眼看要升六年级了，行为举止还像个小孩子，何时才能长大，知道内外有别，不让老师生气，不让我们着急呢？

我恨死她了

临近期末，QB夏令营在即。这次夏令营是一次关键性竞赛，如能获得一等奖，就等于拿到了一块进入重点中学的敲门砖。儿子三年的辛劳，几度循环的苦学，成败在此一举。

上个月在双仁区组织的QB"梧桐杯"比赛中，儿子取得了一等奖。但这个奖项含金量不是太高，只能算作一次热身赛，这次竞赛我们看到了儿子的优势，也看出了他的不足。我们希望夏令营之前这段时间，他能抓紧复习，扎实学习，因此我们要求他每天拿出一定的时间学习QB，最好每晚七点五十之前完成学校的作业。

放学回家的路上，儿子对我说："今天虽然没有英语课，但老师布置了英语作业，五篇阅读和一份《提优AB卷》。"阅读平时是每周做五篇，《提优》每周做一份卷子，"上周老师忘记布置了，这周补做，并且老师说明天要全部交。"我心想今天作业要超时了。

周一，儿子在七点半之前完成了语、数两门作业。QB赛事他很重视，他希望自己能取得好成绩。

他心里想着赶快上电脑做QB，可是还有一大堆英语作业，他渐渐失去了耐心，着急地哭了起来："呜呜呜……贺老师布置这么多作业，呜呜呜……我恨死了，恨死了！"
只见他两只小拳头在书本上捶着，眼泪哗哗地流了出来。

我搂住儿子，我不敢抱紧他，他怕热，我轻轻拍拍他的后背，安慰道："儿子乖，不急，不着急。现在也许你们全班同学都在做英语呢，也不是布置你一个人的。英语是我儿子的强项，很快就能做完的。妈妈配合你快快做。我知道儿子想做QB了，没关系，很快的。"

儿子渐渐平静下来，开始认真做。快到九点时，儿子做完了英语作业。他迅速跑进书房，打开电脑，对我央求道："妈妈，我玩五分钟游戏可以吗？五分钟一到，我就开始做QB。"

"可以。启动电脑的时间不算，从你正式玩开始计时。"

儿子走过来抱着我亲一下："谢谢妈妈！"

我的泪水一下模糊了眼睛。儿子回到家坐在书桌前三个多小时，中间只休息了几分钟，他说太困了，眼睛受不了，我给他滴了几滴眼药水，让他转动一下眼球，算是休息了眼睛，儿子向我要五分钟游戏时间，我能不答应吗？

我看了看表，凑到玩得正欢的儿子耳边，轻声说："妈妈再加你三分钟，玩到九点过五分。"儿子盯着屏幕，点点头。

我说"时间到"，儿子立即将电脑切换至QB页面。

儿子，妈妈好爱你！

学期结束

六月二十九日，儿子结束了五年级下学期的课程，带回来他的成绩报告——《成长足迹》，二十个科目，十八个"优"，只有两个"良"，一门体育，一门美术。儿子的成绩单是漂亮的，但他没能获得"三好生"，连名额不少的"五星队员"也没评上，我们感到很遗憾。

没能评上的原因很明显：上课不专心，不能自律，作业订正不及时，有时不交作业，甚至有时还不知天高地厚地顶撞老师。

成绩说明儿子的实力，他但凡挨到一点"良"也不会提升为"优"，所以我肯定老师的客观。

可是儿子为什么会变成这样呢？

记得他入学不久，一天我接他回家，感觉书包特别沉，打开来一看，里面有一本厚厚的彩色画册，铜版纸印刷，装帧精美，封面写着四个大字"毓秀钟灵"，儿子说是一位老师给他的。翻开首页，看见儿子在上面，我非常惊喜，问他什么时候拍的，他说不记得了，儿子也不知道画册里面有他的照片，我拿给他看，他嘿嘿一笑，憨态可掬，我抱着儿子使劲亲。

图片是儿子和一个小女生的半身合影照，两个孩子系着红领巾，女生朝着镜头行少先队礼，笑容灿烂，儿子秀眉俊目，朝气蓬勃，两手握着双肩书包的背带，开心地笑着。两人站在学校操场上，背景是教学大楼，展现了学生的精神风貌，这是画册的第一张图片。整本画册图文并茂，介绍这所学校的人文历史。

儿子当初是那么可爱，他入学前的情景又浮现在眼前。

那是2004年8月下旬的一天，我突然接到一位老师的电话，通知我们开学前带孩子去学校做一次新生入学测试。接到这个电话我们高兴极了，要知道作为择校生，在此之前校方一直没有明确答复孩子是否被录取，现在通知我们去测试了，说明尘埃落定，压在我们心里的一块石头落了地。

周末，我和他爸带着儿子一起去学校。下午两点开始测试，我们早早地到了，没想到校门口已是黑压压一片，都是新生和他们的家长，有父母，还有爷爷奶奶、外公外婆一起来的，貌似几个班的孩子都到了。家长的眼里透着兴奋、激动和骄傲，觉得孩子能进入这所学校是一种荣耀。

时间一到，校门大开，孩子们都进去了，门口只留下家长。半个小时以后有孩子出来了，跟着家长离开学校。之后陆陆续续越来越多的孩子出来了，眼看着大部分家长都走了，校门口空旷了，我们的儿子还没出来。太阳下山了，天色暗下来，最后校门口只剩下我和他爸两个人。我们有点忐忑了，不知道孩子在里面怎么了，发生了什么事，家长又不能进去。这时候从校园里走出一位年轻的女老师，她推着自行车，我赶紧上去问她："老师，里面测试完了吗？还有人吗？"女老师说还有一个孩子，她突然反应过来，问道："你们的孩子是……"我们说对对对。女老师笑了，说："这孩子太有趣了，你们家儿子好聪明啊。"听到儿子在里边，并且和老师在一起，我们一下放松了。我赶紧问她："老师您贵姓啊？"她说："我姓范。"我说："范老师，您喜欢这孩子，就让他在您的班上吧。"我真心希望儿子能在一个喜欢他的老师的班上。范老师说："在哪个班是电脑分派的，我说了不算，我也希望他能在我班上。"范老师笑着骑车走了。

后来我们知道，在做完了规定的测试题后，一位老师问了他一个问题，儿子回答了，他的回答让老师觉得很有趣，老师就又问他一个问题，老师问什么他答什么，说出一番"科学"道理来。边上的老师听见了也过来逗他，逗他说话，结果这个老师问一句，那个老师问一句，不知不觉时间就过去了。这些老师大多是一年级的任课老师，老师们给了他测试最高分。

我知道，这是《十万个为什么》《蓝猫淘气三千问》这类科普知识给他打下的基础，给他启发，让他尽情想象发挥。

因为是名校，每个年级班级都不少，平均一个班50名学生，在数百名学生当中，我想不会是随便拎两个孩子出来上画册的，是哪位对他印象深刻的老师想到了儿子？画册留在了家里，一份永久的纪念。

何时才能找回我那可爱的儿子？！

六年级

老师眼中的儿子

著名教育家夏丏尊先生曾说：如果把教育比作一池水的话，水就是情，就是爱。教育没有了情爱，就成了无水的池，池之四方形也罢，圆形也罢，总逃不了一个空虚。

儿子小学六年，在校表现差强人意，一半源自生理因素，七月份出生的他，和同学比，月份小，心智更小，不能约束自己，像个"婴儿"不知畏惧，不通世故。还有来自个性的原因，他较真，有自己的认知，只要认为自己是对的，坚持己见，比如在语文课的学习上，不会完全听从于老师，不愿苟同标准答案，与老师产生抵牾，而语文老师一直是班主任。

任何事物都有两面性，批评多了，孩子的心理素质也就磨炼出来了，没那么脆弱，批评归批评，该干吗还干吗，并不影响儿子活泼开朗的性格，不影响他参加校内外活动，以及他喜欢的各种竞赛活动。

小学阶段，他参加过数次不同级别的QB编程竞赛（四次获得一等奖）、ACT全国青少年外语能力竞赛（铜奖）、全国小学生英语竞赛四年级组（一等奖）、钟楼区中小学生科技创新比赛（二等奖）、特强班奥数竞赛（一等奖）、特强班奥英竞赛（一等奖）、"师大杯"作文竞赛（一等奖）、校科技月竞赛活动（一等奖）、数学竞赛（一等奖）、电脑制作（绘画）竞赛（一等奖）、小发明比赛（一等奖）等，在这些竞赛活动中，儿子表现不俗。

儿子就这么懵懵懂懂磕磕绊绊，让老师头疼、让家长操心地走过了小学六年。

择取几位老师对儿子的评价——

语文汪老师："你忽闪着一双聪明、智慧的眼睛，你是一个非常好学、有着自己主见的小男孩，老师常常为你敏捷的思维和独特的见解感到惊喜。喜欢看你当问题弄不懂时，偏要打破砂锅问到底的那股劲；喜欢看你上课积极动脑和小朋友争着发言的神态。你成绩稳定，日记写得文情并茂。可是你有时上课仍旧纪律松懈，总是爱做小动作，管不住自己，也让老师感到遗憾。要是学会约束自己的行为，严格要求自己，养成良好的行为习惯，相信你会收获更多的喜悦。"

数学章老师："你是老师较喜欢的学生之一，你应该是优秀的。别看你个子小，老师知道你其实很要强，课上精彩的发言，让老师很欣赏！但为什么却还不是最好的呢？老师相信，只要你上课改掉开小差、书写不认真这些坏毛病，养成良好的学习习惯，你将是最棒的。"

语文柳老师："都说你是个聪明的孩子，头脑灵活，思维敏捷的你课堂上常有奇思妙想，兴趣广泛，对科学有一种钻劲，对电脑尤其有研究，凭着这股钻劲你在计算机编程学习中取得了令人瞩目的成绩……"

数学陆老师总是对儿子不满意，气他，恨铁不成钢。

爱之深恨之切，这份恨里有爱有惜，儿子是能感受到的。他鼓励儿子："你是个极其聪明的孩子，再努力！聪明蛋，加油！"陆老师记着儿子的学年，就在他高中毕业那年，我突然收到几年没联系的陆老师的信息，他问："小天才怎么样了？"他惦记着儿子应该参加高考了。儿子大一那年暑假回国，专门去学校看望几位老师，但很遗憾没见到陆老师。

美术王老师："看你的艺术作业就是一种享受。继续努力，把世界尽收眼底，将美好尽展笔端。"

体育江老师："你聪明伶俐，上课听老师的课。如果能积极锻炼就更好了。"

只带了六年级一年的数学焦老师对儿子的喜爱溢于言表。

英语贺老师："你是个非常优秀的男孩，英语基础扎实。你聪明，往往能答出其他同学答不出的问题；你好问，脑子里藏着数不尽的稀奇古怪的事。如果你能再谦虚一点，再主动一点，你会更棒的。希望你再接再厉，更上一层楼。"

记得儿子小升初时参加实验中学摇号，公告那天我没勇气去看榜，我担心儿子没摇上号。没想到贺老师专门去到学校，她要看她的学生有没有摇上号。儿子和他爸也去看榜了，结果我在家里先接到贺老师打给我的电话。其时儿子已经小学毕业，离开了贺老师，但她惦记着自己的学生，希望他们去到名校，有个美好的未来。

能遇上自己喜爱的老师，和喜爱自己的老师，是孩子的福气。一位好老师，影响孩子的一生。

**不听话的儿子
长大了**

6

当自觉到要向未来展翅高飞的使命时，才能的嫩芽就会迅速成长。

——池田大作（日）

初中阶段

儿子小学毕业进入初中，并没有突然长大，如同时间一样，由秒而分，由分积时、积日、积周、积月、积年，日积月累地前进。他的生理钟仍是比别人慢，小学五年级的时候贺老师说他是"幼儿园大门没关好跑出来的"，初中兰老师说他"怎么像个孩子"，都看出来他的行为与他的年龄不相符，比同龄人小。但我们没时间等他慢慢长大，我们的教育环境也不允许他慢慢长大。

初中阶段，儿子和大多数孩子一样进入逆反期。为此我专门查阅到一份资料："青春期孩子为何有逆反心理？" 1．青春期孩子的思维渐变为抽象思维为主的多种思维方式。自我意识和独立意识日益强烈，处处要体现"自我"。2．教育不当。中学生在家中地位优越，在学校大多对老师怀有敬畏感。老师过多"告状"，易导致学生产生逆反心理。3．家长乱猜疑也可能诱发孩子的逆反心理。随着孩子的成长，父母的担心越来越大，管教越严他们就越不信任父母。逆反心理也有其积极因素，比如批判性思维，不再把父母、老师看作权威。这种心理品质如果正确引导有利于创造性的发展，比如有好胜心、好奇心，还能调节情绪。

儿子的逆反心理突出表现在数学课上，这是小学六年他最喜欢的课程之一，他的排序是信息、数学、英语……可是在这所学校的初中，他的数学成了问题。

数学课

时间如白驹过隙，一晃进入了初一下学期。

儿子因为手臂受伤，为避免他行走时出汗感染伤口，我打算在他拆线之前这段时间每天放学用电动车接他回家。

说起这次受伤也是咎由自取。那天上完音乐课从教学楼出来回教室的路上，儿子和他的同桌，一位个头和他一般高、心智与他差不多的男生，边走边嬉闹，结果一不小心儿子被那个同学推倒跌在了水泥花坛上，手臂受伤鲜血直流。校医务室的医生赶紧帮助止血临时处理了伤口，然后打电话给双方家长，对方母子和我一起带着儿子去医院。儿子手臂缝了十七针，留下长长一道伤痕。

这是儿子为自己长不大的幼稚行为买的单。

记得有次开家长会，我和同桌的妈妈坐在孩子的座位上，老师先让四名班委介绍情况，四个同学走上讲台，三女一男，个个人高马大，我们坐在第一排需要仰视，我和同桌的妈妈不约而同地相对而视，读出了彼此心里的语言：这是儿子的同班同学吗？怎么像高年级的学长，那么成熟稳重。我甚至觉得他们和儿子之间有代沟，回家的路上我百感交集，都是孩子，都是同龄人，怎么差距这么大呢？和他们相比儿子还在幼儿园。

儿子坐在车后，路上我习惯性地问他在校表现情况，他平静地说还好，就是上数学课的时候和同桌讲话，儿子实话实说，我也就轻描淡写地说了一句，怎么上课还是讲话呢？

我们到家不久便接到他爸打来的电话："童老师说他数学课上严重违纪，影响老师上课，影响全班同学听课……"

我还没开口，儿子一把抢过话筒对他爸说："我上课没讲话，那时候还没上课……"一边说一边哭起来，情绪激动。我问他怎么回事，他哭着数落老师："他违反规定擅自占课，他已经好几次占去了信息课，再说我没有上课讲话，那时候还是课间时间，还没打上课铃，是他自己提前到教室来，所以不是我上课讲话。"

我大致清楚了事情的原委，他这么生气是因为老师占去了计算机课，这和他小学时发生的占课事件几乎一样，他为此对童老师有了意见，从上学期开始，占课越多积怨越深。我看着儿子，觉得他一点没变，还没长大成熟。

我没有责备儿子，没训斥他，让他尽情宣泄，这个年龄段的孩子需要一点自己的思想空间，我默默走开，进厨房去准备晚饭。

　　待他平静下来我再跟他谈。

　　儿子那天没有数学笔记，他说因为生气所以不做笔记。我听了好想笑，他认为做笔记是顺从了童老师。

　　这件事情之后平静了几天就到"六一"儿童节了，初中一年级的学生还有这个节日说明他们还是儿童。

　　头天收到年级组长发来的短信，告知儿童节这天初一学生上午上课并进行语文单元测验，下午学校举行庆祝活动不上课。六一儿童节上午十点再收到短信，庆祝活动下午一点开始，约一个半小时，三点放学。我中午又收到童老师发来的两条短信，原文如下：

　　1. 最近（或已有较长时间了），很多同学的作业（尤其是需要自批的），不能及时同步完成，并认真批改；老师批改的作业有错时，也不能及时订正，质量差、不规范。孩子固然很不该，但也说明很多家长根本不能完成要求的检查和督促的任务！家长如此，如何要求孩子？请各位三思！

　　2. 当然，孩子的表现绝不仅仅在作业方面，还在课堂的参与和纪律等方面；有些孩子表现很随便，在有些课上甚至可以用"猖狂"来形容。我们虽已和孩子多次谈话，但收效不大；也采取了其他一些措施，但也不见好转，还望家长规劝之，鞭笞之！另也请表现尚不至于此的同学家长提醒孩子自省、远离之！

　　看到信息我不禁笑了，这种语气符合童老师的风格，童老师四十来岁，看上去粗壮结实，血气方刚。一边是年轻气盛的老师，一边是处于叛逆期的儿子，老师与学生针尖对上了麦芒。

童老师的儿童节"礼物"我没送给儿子，更没配合"鞭笞"，我不想增添儿子的逆反心理，这个阶段的孩子需要谨慎对待他们的情绪，因为占去了信息课，他像被人夺走了心爱的东西一样难过，这点我能理解。遗憾的是儿子尚不晓事，他会以不听课、不做笔记、不好好学来发泄心中的不满，我担心他的数学强项要弱下来。

"孩子最大的教育环境是教师自身"，这样的环境加上儿子的这种状态数学当然学不好，作业总有错题，他爸问他为什么错这么多，他说听不懂。不知是因为童老师的原因他听不进去才听不懂，还是因为听不懂才听不进去，总之他学数学变得困难了。儿子自己也不想这样，他不想数学成绩掉下来，于是放学回家后自学。

他爸开始跟进儿子的数学，问他有什么不懂的地方。

家里的书房是一扇嵌入式推拉门，上面一半是玻璃，下面一半是木板，他爸想了个办法，取下一张挂历，挂历纸的背面雪白，他将雪白的一面粘贴在玻璃上，这样站在书房看上去，那半扇玻璃门就成了一块白板，他爸就站在书房，在这块玻璃白板上，一手拿板刷一手握马克笔给儿子讲解他没弄懂的数学题。

儿子学到哪里他讲到哪里，学到代数讲代数，学到几何讲几何，学到函数讲函数。他将一些数学知识拓展串通起来讲，有的涉及物理，比如正弦函数、矢量旋转等，他教儿子怎么建模，用数学方法解决问题，锻炼数学思维能力。他站在更高的角度给儿子讲解数学，开阔他的思路。

除了玻璃白板，家里卫生间四周的瓷砖上只要能写字的地方，他爸用红色马克笔写满了数学公式，让儿子上厕所的时候可以看看，有些是要他记住的，有些让他大概了解就行。

儿子在家学得很认真，和他爸一起思考一起讨论。他爸给他一本厚厚的自己用过的《数学公式》，儿子看到他熟悉的公式十分惊喜。看见儿子找回了自信，有了学习动力，我在心里轻舒了一口气。

语文课

儿子学语文很困难，近乎痛苦，并非完全是他主观不努力，他的思维方式和别人不一样。

这是中考前最后一个学期。这天儿子放学回来兴冲冲地对我说："妈妈你知道吗？我们学的那首《石灰吟》，这首诗是错的。"

"错的？怎么错了？"我听了莫名其妙。

石灰吟

于谦（明）

千锤万凿出深山，烈火焚烧若等闲。
粉骨碎身浑不怕，要留清白在人间。

儿子说："第一句话是物理变化，这没什么，石灰是凿出来的嘛。第二句'烈火焚烧若等闲'是石灰石经过烈火焚烧，若等闲的意思就是没任何变化，他（作者）认为白色物质变成白色物质没有变化，实际上有变化，发生了化学变化。第三句'粉骨碎身浑不怕'就是被凿碎了，实际上不是被凿碎了，是被烧成了水，第一个方程式是$CaCO_3$，然后在高温条件下，会分解成氧化钙和二氧化碳，变成气体跑掉了。第四句'要留清白在人间'，怎么样清白呢？生石灰遇水烧成熟石灰，刷到墙上之后跟空气中的二氧化碳反应，产生碳酸钙，就是一开始的那个石灰石，又还原了。但它实际上被刷成粉了，里面有水，刷到墙上干了就成白的了，跟以前的块状石灰已经不是一回事了。"

这首七言绝句被儿子分解后，三句有问题。他不是在上语文课，是在学化学，在一首古诗中读到的是化学反应。

晚唐诗人唐温如有一首诗：

题龙阳县青草湖

西风吹老洞庭波，一夜湘君白发多。
醉后不知天在水，满船清梦压星河。

根据这首诗要求做一道阅读题："满船清梦压星河"一句中的"压"在全句意境中的妙处。

儿子读了这首诗后说：根本"压"不到星河。然后他解释给我听，担心我看不懂还在纸上画出来。"你看嘛，这是一个湖，湖很大嘛，天空可以理解为这样一个曲线，我画大一点，画两个平面，一个天空，一个湖面。这是一条船，船在水上，天空和水平行，船要过去的话，不可能有星河。因为根据平面镜成像的原理，星河会在水中成像，可是当船在星河底下的时候，那么星河它没有照到水面，没有照到水面光线就不能反射，不能反射的话船是空的，哪来的星河呢？船的前后都有星河，船过来星河就消失，船到哪里星河就不到哪里，就是说船压不到星河。"

我听了哭笑不得。我跟儿子说，这是诗，是文学语言，不能用自然科学去解释。诗的最大特点是跳跃性，没有那么缜密的逻辑，不是实验室里做实验，要有准确数据。读诗要以诗的意境，诗之妙语来解诗，与理无关。这些话儿子不能理解，他接受不了。我很无奈，陋子学诗耳。

我怀疑儿子是抽象思维，没有形象思维，所以他背课文很困难，他背书的时间是别人的几倍。

进入初中，语文的背课量大大增加，除了课后十首古诗外，单元内的古文要求全篇背诵默写，为此我们感到担忧。儿子在心理上怵语文，没自信，他每天的作业都是把语文放在最后完成。

记得初一时学习朱自清的《春》，要求背其中一小段，他背了几个小时，背不出来气得捶桌子。

《桃花源记》是要默写的课文，为了帮助他顺利过关，我们头天打开电视，让他先听一堂课，熟悉课文。电视里的老师讲得很详细，我们还和他一起朗读课文，最后我和他爸都背出来了。到正式要默写了，我以为这回一定会快很多，顶多半小时就好了，儿子说不可能那么快。我说文章思路很清晰，按时间顺序写的，特别好记。我一句句给他做动作、做表演，启发他的思路。但他还是不行，想出上句，好半天憋出下句，再下一句又想不起来了。我提示他，他不高兴，说我打断他。我的耐性一点点失去，到后来嗓门大起来，急出了一身汗。儿子呢，苦得不行，还流了不少眼泪。

这时候他爸回来了，又接着给他理思路，讲课文。我觉得我站在边上会着急，出门去超市了。我在回家的路上接到儿子电话，他说想去地铁站办公交卡，我知道儿子的默写终于完成了。回到家，他爸告诉我，他是一句话一句话地让儿子背的，背完一句连一句，这才完成了。

《桃花源记》学完了，他从"林尽水源"想到了水泵，认为水泵应该安装在洞里，从水源想到溪水会不会结冰，要到多少度才会化冰。这样的思维怎么能学好语文呢？

除了背课文不爽外，还有就是做阅读题，他有自己的想法，比如小学时的"两只骆驼"。其实做阅读题有方法，许多教辅书上对此都有详细的解说，遇到哪类阅读题，它怎么表述的，用的什么语言，怎么问的，然后怎么回答。可是儿子不会囿于此圈套，他是个思想活跃的孩子，不愿被束缚，他要表达自己的认识，他不会去记那些方法，因此他拿不到高分，甚至拿不到分。我只能安慰自己："好驴马不逐队行。"

儿子从小学到初中，班主任都是语文老师。正常情况下任课老师都会偏爱自己所教这门课程学得好的学生，这是人之常情，反之，如果成绩不佳，老师会认为学生就是不努力，对其态度也会不同。

儿子学语文的资质并不差。

初二上学期的一次期末考试，成绩出来了。语文不是儿子的强项，对他的分数我没抱多大期望。我仔细看了他的语文试卷，发现有几处批改还是值得商榷的。

比如有道阅读题，试卷给出了阅读内容，然后让学生回答几个问题，其中一个问题是给这篇文章加上标题，要求在十个字以内，分值为2分。文章讲解了牌楼的产生、牌楼的种类、牌楼的作用、牌楼的兴衰，以及牌楼上的题字。这是选自楼庆西写的《中国小品建筑之牌楼》，前面"中国小品建筑之"是定语，文章内容就是讲牌楼。

儿子在标题空出的十个小格子里写上了"牌楼"二字，这是他给文章加的标题。可是这2分儿子没拿到，醒目的朱笔批了大大的"–2"。

我问儿子这有错吗，他回答：老师说标准答案是"牌楼的功能""牌楼的历史""牌楼的来由"，三个答案答到一个就给分。我感到无语，如果说三个答案答对其中一个就算对，那其他两点就遗漏了，文章可不是只讲了其中一点，这样的标题才是不准确的，儿子写上"牌楼"这些内容全都涵盖了。

儿子的语文令我担忧，他的思路与标准答案总有差距。我安慰自己，人没有全才，丘吉尔上中学时拉丁语是0分；封·布劳恩小时候被列为差等生，长大后成为宇宙工程学家、阿波罗宇宙飞船核心人物……这些伟人、名人、科学家尚有不足之处，何况我渺小的儿子，想到此，心里宽慰了许多。

心理上虽然有所安慰，但想到他的前途，想到将来高考的三门语、数、英之语文……

英语课

　　记得儿子刚入校时，一次牛老师对我说，她在课堂上给同学们报听写，刚报出一个单词，他就抢先说出答案，且故意报错，误导同学，牛老师气得把他"请"出教室，他还没忘了把本子带走，站在走道上，耳朵贴在教室门上听老师报单词，报一个他伏在门上写一个，下课铃声响，他走进教室，把听写本交给老师。牛老师说哭笑不得，说他不像中学生。

　　牛老师还告诉我一件事。

　　周五下课后，学校举办英语角活动，模仿上海世博会，每人弄一本"护照"各处去盖章。稚气未脱的儿子，刚一下课就冲下楼，要去盖章，要把所有的章都盖上，去晚了担心章盖不全，他要弥补在上海世博会上没盖上章的遗憾。他下去之后，又有八个同学也跟着下去了。兰老师说他违反了纪律，应该是集体行动，全班同学一起下去，"结果大家都在等他们"，为此兰老师要他写"深刻认识"。儿子对我说，当时英语课下课了，并不知道不可以自己下去。

　　儿子语、数、英三门课都有问题，我很无奈，只能求助于老师。于是决定给三位老师发短信，内容是：老师好！他今天表现怎么样？如果还好，您不用回复；如果不好请您告诉我。谢谢老师！打扰您了！

　　　　　　不听话的儿子长大了

第一天，语、数两位老师没有回复。英语牛老师给我回了信息：今天没上课，表演节目，他配音，表现很好！我给牛老师回复：谢谢您！

我给儿子看了我发的短信，以及牛老师的回复。我说我以后每天发一次。儿子说："就不要每天发了，给我留点面子吧。"

我看了他一眼，意识到儿子要长大了，我要注意自己的言行了。于是隔几天发一次，没办法，这是老天赐给我的让我操心的儿子。

儿子虽然让人生气，其实不时地显露出他的懂事和良善，只是淹没在了我的不满情绪之下。

下个月就中考了，儿子看许多同学在校外补习数学，他不淡定了，也想去强化一下。他打听到有个不错的"学校"，在一处公寓的楼上，老师都是退休的数学教师。儿子有这个想法我们不反对，让他报名了。

这天周四，下午放学后儿子要去补习数学，时间是五点半至七点半，可是这天学校的数学课拖堂了，他到家时已经五点二十了。他吃了饭团和一杯酸奶就急忙推车下楼去上课，刚走到楼下就摔跤了，自行车龙头松了，右腿膝盖跌破了皮。儿子到小区门口保安处要了点开水给伤口消毒。我急忙下楼想去帮忙，保安师傅也在帮他调整龙头。儿子说没事了，骑上车走了。但我心里还是忐忑，担心车子没完全弄好，马路上汽车多，再摔跤就危险了。

我返回家时，接到老师的电话，问儿子怎么还没到校。我告诉老师儿子会迟到，学校老师拖堂了。

我盯着客厅的挂钟看，想在十分钟以后再打电话问老师儿子到了没有。就在这时，儿子来电话了："妈妈，我在路上修车，现在已经搞好了。"

太好了！我说："妈妈正准备打电话问老师你到了没有呢。我就担心车子在路上出问题，万一在马路上摔倒了太危险了。"

儿子说："这回不会了，我搞懂了原因出在哪，是下面有个地方没锁紧，固定好了就OK了。"

"儿子你在哪打电话？你没带手机呀？"

"我在电话亭打的，我怕你担心。"

我的儿子，太了解妈妈了，我激动地说："儿子谢谢你，谢谢你！妈妈确实担心。现在你去上课吧，不用赶，迟到点没关系。"

"嗯，那我挂了。"

我的心放下了。我抬头把眼里渗出的泪水倒回去，我懂事的儿子，妈妈好想抱抱你。

又过了一阵，老师再打电话给我，说儿子已经在上课了。

儿子从不记恨，有时候眼泪还挂在脸上，就像没事一样。记得有一次才训过他，我要用手机，可是找不到，儿子告诉我手机在哪儿。每当这时，我心底的那根柔软之弦就被触动，温情油然而生，后悔训他。

中考期间

接下来一周双仁区举行中考一模，一模成绩出来后，一些学校会与达到本校高中线的学生提前签约，签约是双向选择。

中考之前，学生进入高强度状态，各门课程的老师都在加大复习量，门门加码，全部集中在孩子身上。儿子每天下午五点左右到家，进门就写作业。吃完饭，继续完成作业，每天到深夜，零点之后才能上床。我估算了一下，除去吃饭、睡觉时间，他每天16个小时在学习。可就是这样，还有大量的复习资料等着他，还有错题需要订正。看着儿子每天熬夜我甚是心疼，可是看着他还有未尽的复习题心里又着急。

儿子正是长身体的时候，缺少睡眠不仅对生长不利，还会影响白天的学习效率。可笑的是，他每晚临睡前就想好第二天哪堂课上可以打瞌睡，我真是啼笑皆非。

这天回来我问他："哪堂课上睡觉了？"

他若无其事地回答："化学课。"

我惊叫："化学课你也睡觉呀？"儿子坐在第一排，就在老师眼皮底下，"老师就让你睡吗？"

"老师在讲头天的作业，她看我全做对了，就没叫我。讲完作业进入复习的时候，老师把我拍醒了。"

我心有所动地说："老师这么体谅你？"

"嗯。"

我感谢这位老师的温情和理解，也为儿子能得到一点睡眠而欣慰。

"睡了多长时间？"

"十几分钟吧。"

当时有个数学网站，有偿服务，他爸花了一百元，下载了大量数学题，都是各个地方的中考题，他打印出来让儿子做，训练他会做的题目不出错。他爸对儿子说："你不会的题目大部分人都不会，所以要保证会做的题目不丢分。"并要求他生物、地理拿满分。儿子没信心，特别是地理他没一点把握，就只做老师发的复习题。他爸说："老师给的复习题只是重点，要考满分只知道重点不行，必须把课本看熟看通，所有重点非重点都要搞懂。"并让他从初一的课本开始看，四册书一字不落地看，从目录开始，看三遍，"只要题目不超纲，保你满分。"

中考的日子，我的心情紧张焦虑，又心疼怜惜，当然也伴随快乐，比如他告诉我们又弄懂了一个问题，今天的作业全对了，他还会告诉我们今天学校又发生了什么趣事。儿子在这种情形下有这种乐观精神我觉得很好，将来遇到再大的困难、再紧张的日子都能为自己寻开心。

真希望中考快点过去。

中考前夕，我的护照办下来了。之前和朋友约好一起去法国旅游，犹豫再三，我还是放弃了。儿子中考在即，我的一颗心悬在空中，不会有游玩的心情。

中考终于结束，分数出来了，儿子成绩不错，英语接近满分，数理化都在90%以上，特别是数学，那年题目比较难，这对儿子有利，能做的他都做出来了，最后一道高分题有四个答案，他写了三个答案，大多数同学只写了一两个答案，他爸说他做对了。儿子适合做难题，他爸对他的分数是满意的。生物、地理儿子听了他爸的话，虽然打了折扣，只看了两遍课本，但还是拿了满分。他爸说政治题活，没拿满分可以理解。儿子相对薄弱的语文也属正常发挥，成绩在预估范围之内。他爸说，儿子这个成绩本市的名校高中他都能上。我心里乐开了花，为儿子取得的成绩高兴，搬开了压在心里的一块石头。

前些日子，他爸突然看见我长出了白发，惊讶我怎么就长白发了，问我是不是儿子中考带来的压力，当然是。儿子中考前我常常睡不着觉，整宿想着儿子中考的事情，想他万一考不好怎么办？能去什么样的学校？如果就差一两分怎么办？这些问题一直缠绕着我，哪能不白头啊。

儿子有天见我揽镜摘发，脱口吟道："不知明镜里，何处得秋霜。"

"这句诗用得很准，但你应该知道妈妈何处得秋霜啊。"

儿子笑。

儿子终归是争气了，解决了我的一切烦恼。

选择高中

中考结束，成绩出来就面临选择高中了。读什么样的高中，决定儿子将来上什么样的大学。现行的3+N高考制度对他不利，语数英"3"门好比鼎之三足，不能有短腿，否则立不起来。三驾马车要并驾齐驱。

我一直怀念20世纪七八十年代恢复高考时的录取制度，我以为既合理又科学。那时全国统一试卷，大家都在一个起跑线上，高考成绩看总分，没有主课、辅课之别，各地根据考生情况设置录取分数线，达到什么样的分数线上什么样的大学。学生可以权衡自己的学业，以己之长补己之短。至于报考什么专业再另看单科成绩，比如选择数学专业的，要求数学成绩在八成以上，因为由此可以看出该学生在数学方面是否有天赋有实力；比如选择英语、中文专业，英语成绩和语文成绩也要达到这门的分数线。遥想早年清华大学录取考试，虽然也是考国、英、算三门主科，相当于今天的语、数、英，但只要其中一门考分在85分以上（百分制），或者各科平均分数及格，就可录取，说明该学生某方面有天赋，或者该学生基础知识扎实，所以尽管钱锺书的数学成绩不佳，也不影响他考入清华大学。这种录取制度允许偏科，肯定天赋，遵从人性，不会埋没人才，有利于培养专家学者。而现行的高考制度要求学生"全才"，貌似少了短板，实则看不见强项，容易流失某一方面具有天赋的孩子。

一位学者曾经说过：成功的人往往不是全才，而是有着很强支持系统的专才。儿子不是全才，我们接受了他语文短板的现实，无法改变环境，只能改变自己。我们分析儿子的情况，要在国内考一所好大学不容易，他的语文难以取得好成绩。基于他良好的英语基础，以及心有所向的大学专业——计算机，出国读书更适合他。既然准备出国，不如上国际班，提前热身，于是我们选择了富有挑战的IB课程。

"百度百科"这么解释：IB课程是为高中十一和十二年级学生设置的大学预科课程（成绩可以带入大学）。IB课程不以世界上任何一个国家的课程体系为基础而自成体系，广泛吸收当代发达国家主流课程体系的优点，涵盖了其主要的核心内容。IB课程为全球优秀中学生设计，具有统一的教学大纲及教材，统一的题目、统一的评卷和评分标准，对世界各国的学生一视同仁，被称为国际教育的统一度量衡……

进IB班除了中考成绩外，还要加试英语，因为全程英语教学，没有英语基础难以完成学业。儿子以优秀成绩被顺利录取。

暑期生活

高中有了着落，我们可以安心地度过一个暑假了。

这个暑假除了学习之外，儿子看美剧，我觉得这是学习英语特别是美式英语的良好途径，同时也能了解当地文化。他最近在看《生活大爆炸》，受剧中一群IQ非常的学子影响，又萌动了要当大学教授的想法。

儿子想法多多，想当物理学家，又想当电脑高手，为此他买了不少计算机方面的专业书籍。还和他爸商量，如果自己学计算机，将来朝哪方面发展。他还想在高中三年自学完大学的数学课程，这样进入大学后，就可以读两个专业，拿两个硕士学位。

儿子好学进取，我从心里高兴，但我觉得计划不如变化快，目前尚未进入高中，在这个信息化的时代，社会生活日新月异，三年之后会是什么情形很难预料，现在想太多为时过早。他爸也说，不能好高骛远，先把眼前的事情做好，脚踏实地，利用好这个暑期，扎扎实实学好英语，保持在班上前几名，将来申请一所好大学，到那时，自己的目标和学习方向也清晰了，再决定选择什么专业更合适。

这个暑假，儿子还去了趟广州，主办方借住当地一所大学，组织了一次为期十二天的夏令营，相当于IB课程的预演。儿子兴致勃勃，周六回到家仍是意犹未尽，大谈夏令营见闻，以及老师上课讲的一些他喜欢的内容。

对外教老师的授课方式他似乎没什么不习惯，老师当中还有几位是博士，他挺钦佩。儿子因为口语不错，老师的话题他都能接上并回答，参与互动，在班上出了点小风头，颇为得意。他说有几门课的老师喜欢他，尤其是经济课他很感兴趣。儿子还问我一个问题：经济与金融有什么不同？我回答，说不好。他告诉我，经济是从来就有的，有了社会便有了经济；而金融是和货币紧密相连的，没有货币就没有金融。儿子三言两语讲清楚了二者的区别。

最让他激动的是遇到了两位"电脑高手"，一位来自外国语学校，一位来自七中。三位室友中还遇到一个让他吃惊的"居然懂得微积分"的数学高手，这让他怅然若失，感慨不已。

他要他爸教他微积分，说要超过那个同学，要像那个同学一样可以在班上拽一下。我说儿子，都是高中生了还这么孩子气，学微积分就为拽一下吗？他爸说微积分其实很简单，十来分钟就能讲清楚。他爸给了他一本《一元微积分》，那是他大学时的一门课程。儿子当天晚上就捧着这本书在看了。

次日周日，儿子整个上午都在弄电脑，摆弄计算机，说是暑假要提高的东西。我提醒他该学习英语了，埋怨他安排时间不科学，应该把一天中最好的精力放在英语上，既然对计算机感兴趣，就不容易困倦，不妨安排在精力不济的时间，比如放在下午。儿子不高兴了，说有好多东西要学，除了计算机还要攻数学、物理，无论如何也不能把英语放在第一位。

我不以为然。高中三年，每天面对外教，说的都是英语，怎么能不把英语放首位呢？何况还要准备托福考试，两年后的SAT考试，这些都是申报大学的重要成绩。儿子说将来的专业目标就是数学、物理、电脑，并非英语专业，英语只是工具。我说这没有冲突呀，英语是桥梁，跨不过这道桥，报考学校、选择专业就成泡影了。他爸同意我的观点。

儿子听不进去，坚持英语不能放首位，父子俩为此争了一个多小时，彼此都很生气。

事后冷静下来想想，这场冲突无非是这个暑假儿子是以学习英语为主，还是以学习数、理、电脑为主，不管怎样，儿子都是在学习，在努力，以什么为主没那么重要，学什么都有益。孩子大了，有自己的思想，有自己的主见了。儿子已步入正轨，他在考虑自己的前途，我就没必要多操心了。

这个暑假不能不提到儿子的一次骑行。

六月二十二日，中考已经结束。

这天是周六，本想在家好好休息，可是一个上午楼上都在装修，尖锐的电钻声声刺耳，不堪忍受。他爸提议去郊外别墅，暂时躲开噪音。儿子一听好高兴，他可以骑车了。不久前我们给他买了一辆山地自行车，外观甚酷，价值不菲，儿子很喜欢，每天骑着它上下课。可是学校离家不远，他骑得不过瘾，很想有一次远行的机会，听到要去郊外，立即说："那我骑车去。"

我吃惊道："五十来公里呢。"

儿子说："没关系的。"

他爸不反对，觉得这是锻炼儿子意志的一次机会。

"你认识路吗？"我有点担心。那时手机还没有导航功能，我们从来都是开车过去，有一段是高速公路，不知道骑车的路怎么走。

儿子满不在乎地说："只要方向不错就能到。"

他爸附和道："对，知道方向就行。我们会在前面等你，到时电话联系。"

时间已经是下午了，这时候艳阳高照，白日当头，室外气温超过35℃。我们都没有骑行经验，儿子短T、短裤，没有任何防护装备，他又从来不用护肤品，只带了一瓶纯净水和一个手机，没有遮阳帽，没有太阳镜，就这么无遮无挡迫不及待地骑车出门了。

我们的汽车跟随其后。我一路拍照，记录儿子一段难忘的成长历程。

途中他邂逅了一位80后骑友，人家可是长衣长裤，头上车上装备齐全。两人一路交流，当然主要是他传授经验。他告诉儿子：骑车远行要带运动饮料，比纯净水解渴，还能补充体力；即使将来成年了，体力再好，一天骑行不能超过一百五十公里，不然会有危险。说他有位朋友，就因为超过了极限，突然心脏病发作，倒地不起。我看着儿子的背影，见他与人沟通一点不困难，在路上骑车就与人搭上话了，还获得了不少知识，看来情商不算低。儿子说他曾经骑车走过滇藏公路，看来是位真正的骑行者。他俩在一个岔路口挥手告别了。

我们的汽车与儿子暂时分开了，这条道禁止非机动车。

开过这段路，我们在一处路口停下来等儿子。我们估算着儿子的车速，觉得应该到了，可是儿子还没出现。我

不听话的儿子长大了

想打电话，他爸说再等等，担心他骑车接电话不安全。

　　我走出汽车，翘首张望，这才感觉太阳的火热。又等了一段时间，他爸说看见儿子了，发现他挂彩了。儿子骑到近处我才看清楚，他的左膝盖和右臂肘都受伤了，血迹斑斑，还在渗血，腹部和大腿也有擦伤的痕迹（几天后这两处淤血青紫了）。我心疼不已，懊悔自己缺乏经验没给儿子做好远行的防护。儿子却一副无所谓的样子，说："第一次骑这么远的路只摔成这样算不错的了。那位骑友第一次骑车也受伤了。"儿子宽慰自己，也安慰我们，一点不娇气。我说："儿子，你真棒！"我问他，还能骑吗？他说没问题，于是继续前行。

　　我们跟在他后面亦步亦趋。不能骑行的道我们开车在前面等他。通常五十分钟的车程我们开了四个多小时，儿子骑了四个多小时，中途没休息。进到别墅区已经傍晚了，儿子筋疲力尽，他在上山的路上吃力地骑行，我们在他身后打开车灯为他照明，一个坡道转弯，儿子摔倒了，他没力气了，我想下车去帮他，儿子已经扶起自行车，我的眼泪夺眶而出。

　　终于到家了，我看手表七点半。儿子一头倒在床上，他太累了。

　　我们给他洗脸，擦身，清理伤口。儿子一觉睡了十二个多小时。

　　不知是老天爷跟我们开玩笑，还是有意要考验儿子，头天还是艳阳高照，下半夜突然下起了瓢泼大雨。这种戏剧化的天气，颇有点像《西游记》里如来佛设障对唐僧师徒的考验。

　　看着屋檐下一幕幕飘荡的水帘，我们说这么大的雨不能骑车，提议将自行车放下（汽车后备厢放不下这辆山地车），等下午雨小了，我们一起开车回城。儿子说不行，下午有个同学聚会，他一定要参加。我知道，这是他们同学三年最后一次聚在一起，升入高中后，一些同学就要离开这所学校了，即使留下来的也不一定能分在一个班，所以这次聚会实际是一个告别会，儿子是个情深义重的孩子，他要去见同学。我们说那就上午回去。可他不愿坐车，执意要骑车回城，他要把车带走。看他坚决的态度，我们不再说什么，给他备了件厚重的雨衣，带上一瓶水，趁着老天喘息的一会儿收住了雨，我们赶紧让他动身。我看表，时间是上午十点。

儿子骑车先行，我们近十一点出门，开车步其后。

他爸调整了路线，不走高速公路，这样我们可以一路伴儿同行，儿子身上还带着伤。老天大概休息好了，精力充沛，又开始放闸，顷刻间滂沱大雨从天而降，伴随着雨雾，大风，轰鸣的雷声。雨刮器在车窗前急速扫荡，车窗外还是一片朦胧。我们紧盯着路边找寻儿子的踪影。看见他了，没想到四十多分钟他骑出了好远，他是在和雨水抢时间。

暴雨中的儿子吃力地蹬着车，雨衣上的帽子被大风掀到了脑后，整个脑袋暴露在外，眼镜片上汩汩的雨水模糊了视线，他不停地用手挥去，可是不起作用。为安全起见，他摘下了眼镜，没了镜片的遮挡，雨水无情地浇入眼睛。肆虐的狂风遥控着大雨，扫向四面八方，路边的树木被揪扯得东倒西歪。儿子顽强地向前骑，他成了雨人，身上的雨衣成了水帘，他成了移动的洒水器。有些路段没有快、慢道分隔栏，他爸就紧靠右侧低速驾驶，以防其他车辆靠近儿子，为儿子设一道移动的保护墙。看着儿子艰难地骑行，他爸说："这辆车买得真值，磨炼了儿子的意志。"

中午我们停下来，在路边一家小店吃饭。我看儿子两眼通红，心疼不已，他若无其事地说："被雨水打的。"我急忙端起桌上的杯子喝水，掩饰涌出的泪水。他脱去了雨衣，T恤衫湿淋淋地贴附在身体上，下摆还在滴水，出门前我给他换上的一条运动裤也湿透了，旅游鞋里全是水，我担心他受凉，问他冷不冷。他说一点都不冷，脱了雨衣好凉快，可见他消耗体力之大，倾盆大雨也没能浇凉身上的热气。我眼里的清泉聚成了一朵水花。

吃过午饭继续前行。下午的雨渐渐小了，儿子的速度明显慢下来了，我很担心他体力不支骑不到家，连续两天日行百里，对一个从未骑过长途、不足十五岁的孩子来说不是件很容易的事，可是儿子没有退路，他必须自己骑回家。

儿子没有打退堂鼓，没有提出要我们帮他。中途我们在一个僻静处停了下来，给他补充能量。这时候老天又开始急促地下起雨来，我坐在车内，递给他食物，儿子穿着内外湿透的雨衣站在车窗外的雨水里喝水进食。我们没有坐下来，担心他一旦坐下就没力气再站起来，这时候要一鼓作气。

又是四个多小时，儿子凭着他顽强的毅力，坚持骑到了家。

两天来，我一路发朋友圈，追踪他骑车的身影。有人说"儿子真棒"，有人说"现在的孩子没吃过苦，就应该这样锻炼"，有人说"天降大任于斯人，必先劳其筋骨"，有人说"我要让儿子向他学习"，有人说"狼爸虎妈"，有人说"好狠心啊，怎么做得到啊，他还是个孩子"。看见这些话，我笑了，儿子已经初中毕业，在体力上可以经受这种考验了，相信这次骑行会给儿子留下深刻的印象，给他未来的成长增添自信。

高中阶段

IB课程设置十八门科目，分六组，每组三门课程供学生选择其一，有数学、物理、化学、英语、音乐、美术、经济、历史、地理等，根据各人选择的科目基本可以看出学生今后的文理方向。但有一门课是必修的，那就是本国母语，由学生所在国的老师上课，其他课程都是外教，英语授课。老师来自世界各地，操着不同口音的英语。我觉得这挺好，将来进入大学，老师不可能都说一口标准的英语，好比我们汉语的普通话，有人说"川普"，有人说"湘普"，有人说"港台普"等等，不可能大家都说得和播音员一样，儿子提前适应这些来自不同地区的英语，对他的听力有帮助。

儿子带回来一本本厚厚的教材，比我们的课本大多了，都是16开，我看他的物理教材五百多页，全部是密密麻麻的英文，没一个汉字。看着沉甸甸的教材，我心里想，我们已经把儿子托举上了攀援壁，手臂够不着了，前面的路要靠他自己攀登了。努力吧，儿子！

学校总是离不开考试，这是检验师生教与学情况，鞭策学生进步的常规做法，IB班也不例外。第一次考试结束

不听话的儿子长大了

后，学校召开家长会。首次参加外籍老师组织的家长会，我带着一种新鲜感走进了校门。

家长会在一个偌大的房间里进行，没有规整的座位，没有设定的程式，自由轻松。所有任课老师各据一方，背墙而坐，面前一张桌子，桌子的另一边是椅子，为家长和学生准备的，坐下来就可以和老师面对面交流。我们进去的时候已经有不少家长和孩子在与不同的老师交谈了，学校为此安排了翻译，我没请翻译，我觉得儿子可以胜任。

我们径直走向一位最近的老师，前面那位家长正好起身。老师看见儿子便知道我们的关系了，他站起来热情地对我说："Good boy.Very good。"我一听，好高兴啊，不是因为他夸儿子，而是我感受到了一种礼遇，我参加过无数次家长会，从未有过这种感觉。我观察周围的老师，他们对每一位家长致意，对每一个学生都很和蔼。

儿子的数学老师，看上去三十来岁，是个美国人，老师说他课堂表现活跃，互动积极（IB课程有此要求，学生的课堂活跃度、平时作业质量、考试成绩等都是构成GPA的学分绩点，不是仅看考试成绩），说他很聪明。我们起身走向经济课老师，这是一位来自澳洲的女教师，她说儿子学得不错，儿子对经济课也颇有兴趣，大概有种新鲜感。物理老师看见儿子眼里闪着笑。化学老师认为他有天赋。教母语的班主任国老师那天没见到。

家长会上不谈学生成绩，也没有排名，学校认为，成绩是学生的隐私，不宜示众，学生看见自己的成绩便知道处于什么位置，今后应该怎么努力，没必要让别人知道。学生有问题老师会和家长或孩子个别沟通。当然，IB课程的老师没有升学压力，学校也不会给老师施加压力，不存在老师之间的竞争，班级之间的攀比，成绩高下只是影响学生自己将来能上什么样的大学，所以学校、老师都比较超脱。我当时问老师，儿子在学习上还有什么问题，老师们都是笑着摇头，这让我有点不太习惯，我想也许开学不久还没发现问题。

后来又参加过几次家长会，都是家长和学生坐在一起。我觉得这种做法很合理，老师可以当着学生的面告诉家长孩子的在校表现以及学习情况，避免产生误会，有问题可以当面澄清；老师对学习的要求可以同时让家长和学生知晓，避免孩子理解有误，或者遗漏，或者"忘记"。

儿子的问题渐渐浮出水面，老师开始打电话找我了。

这天接到电话，说校长要见我（IB课程校长）。在IB班，老师会将各门科目的学习情况制成一张表格，表格上有许多项目，基本可以反映学生的在校状况。校长手里有这份表，任课老师发现学生有问题也会向校长报告。

校长是位加拿大人，看上去有五十来岁，长得高大壮实，态度和蔼。他笑着说你有个聪明儿子"clever boy"，他这一笑，顿时消除了我的紧张和压力。他谈儿子的问题，没有指责，不带情绪，就事论事，他说有老师反映儿子上课睡觉，这会影响他听课，课上就不能发言，影响成绩。然后问我：儿子每天几点睡觉？几点起床？他是自己一间房吗？他房间里有电子产品吗？我说有，有一台笔记本电脑。他建议我在他完成作业后（IB课程的作业基本在电脑上完成提交），睡觉之前把电子产品从他房间里拿出来，这样他能好好睡觉。他说儿子要学会合理安排时间，管理自己。他帮我分析问题，提出解决问题的办法。

儿子母语课也有问题。教母语的是年轻的国老师，中文系研究生毕业，他同时兼任班主任。国老师讲课的内容是文学赏析，他开出了一张书单让学生选读，都是中外名著，有长篇有短篇，有些篇章必读，读过之后老师课堂分析讲解，每次作业是写一篇文章鉴赏。儿子越来越趋向理工科了，对这门课基本没兴趣，作业一拖再拖，不能按时完成。

　　这天国老师打电话让我去学校。老师很客气，将我引进一间通透的玻璃房间，里面很安静，就我们两人单独交谈。国老师说："这孩子很聪明……"我一听心里就哆嗦，这话我听多了，感觉是老师的开场白，先扬后抑，接下来便是"但是……"，并且又是一位班主任语文老师，我替儿子担心。国老师说：这孩子还是不错的，乐意参加学校的活动（这也是GPA的学分绩点，要求学生不能死读书），并且有尚好的表现，每个人都有自己的长处和短处，比如说他在计算机方面就很有天赋，将来上大学可能也会朝这方面发展，我的课他就没那么大兴趣了，可是既然开设了这门课，这也是IB课程所要求的，那作业就必须完成，否则影响他的成绩。这是自儿子上学以来我感觉最中听的班主任的话语，肯定儿子的长处，指出他的不足，客观全面地看待一个孩子，哪怕面对自己教授的这门课程儿子表现出的冷淡和无趣，老师也表示理解。国老师和颜悦色，平易近人，我深受感动。我说很惭愧，对不起国老师，作业是一定要完成的，我会督促他补齐作业交给老师。

　　我问儿子为什么不交语文作业，他说没时间，说有更多想要做的事情，顾不上写文学鉴赏。我知道他的精力不会放在文学鉴赏上面，但作业必须交。他说知道要交作业，想等以后一起补。我说以后越积越多，补齐更困难。我知道他写这样的文章心态不积极，如果是数理化他不会这样，我说可以帮助他一起完成。儿子没拒绝。所幸老师并不规定哪本书，随便写自己读过的书就行，这就方便了。儿子补齐了作业，国老师没再找他。儿子虽然对文学鉴赏这门课没兴趣，但他喜欢国老师，这是他从小学到初中到高中唯一喜爱的班主任语文老师。毕业典礼时，儿子专门找到国老师与他合影留念，两人笑意满满。老师的友爱宽容，学生是能感受到的，包括家长。

还有一些事情在我们看来是问题，儿子却认为不是问题，比如参加课外活动。他组建计算机社团，招收社员，制定方案，与校方沟通，争取获得审批；他参加全校组织的龙舟赛，又是组织又是联络又是训练，训练在水上运动学校进行；还有骑行活动等各种社会活动，他每天下午三点半放学，到家五点半，课后两小时都在活动，他每天向往去学校，学校有活动他精神倍增。

我感觉他的时间、精力都用在活动上了，可儿子说他是四六开，大部分时间用来学习，我认为这样分配学习时间还是不够。尽管我觉得有问题，但我看到那个活泼开朗、朝气蓬勃的儿子又回来了，看着他每天兴致勃勃地去学校，高高兴兴地回到家里，我心里是甜的。

儿子从小到大，爷爷只见过他几次。爷爷不苟言笑，对孙辈和对他自己的儿女一样严格，儿子上幼儿园时他从老家过来，那是他第一次见到长孙，"老喜欢了"。儿子小学三四年级时他又来过一次，这次他看见孙子说："这细人（孩子）冇小时候灵了，小时候多聪明啊，眼睛都会话事，书越读越死了。"爷爷说的是实话，孩子没有课余时间，没有自己喜欢的活动，每天上课、作业，放学还是上课、作业，长年累月题海战术让孩子越学越不想学，越学越呆。来到IB班以后，儿子精神面貌焕然一新，尽管学习压力大，IB课程全文凭不容易拿，课外还要学习英语，准备申请大学的英语成绩，但他仍然充满热情，一个重要原因是可以参加他喜爱的课外活动。其实孩子有些禀赋不是体现在课堂、学校里，而是在他的业余爱好中。胡适先生曾经说过："你的空闲时间，决定了你的人生高度。"现在的孩子没有空闲时间，许多在某一方面有天赋的孩子被埋没了。

再就是冲高分问题。这点我们和儿子分歧很大。

儿子高中三年，我感觉他是学习、课外活动、计算机三项内容平分秋色，他感兴趣的活动都要参加。他不像其他大部分同学，只要活动绩分够了，放学后赶紧回家复习、预习功课，学习英语，争取TOEFL、SAT考出好成绩，那是申请大学必需的英语成绩，取得高分可以申请著名院校。可是儿子不愿花大量时间学习英语，他的精力要用于研究计算机。

吃晚饭的时候是我们的交流时间。他的计划每天排得满满的，时间不够用，只有这个时候我们可以短暂交谈。

这天他对我说："我受打击了。"

儿子说，他在网上结识了一个目前在USA读计算机专业的大二学生，他们交流后，儿子觉得这个学生挺牛的，可是这人说，他现在的水平还进入不了学校前50名，他说在USA学计算机的都是天才，他们的IQ都在150左右。儿子觉得自己的IQ是相匹配的，计算机水平目前在国内应该高于同龄人，可是听到他这么一说，儿子顿时觉得那边的大学生太厉害了，和他们相比自己还有不小差距。儿子受打击了，不再淡定，他担心过去之后自己成垫底的了。

儿子开始花大量时间和精力研究计算机，他已经清楚自己将来要学什么专业了。这年儿子高中一年级。

我们劝他好好学习，要保证拿到IB全文凭，学好英语，争取考出好成绩，将来申请一所好大学，比如常青藤院校。

儿子自信地说，他会拿到IB全文凭的。他认为专业比学校重要，只要能申请到一所专业不错的学校就够了，决不会为了冲常青藤院校而花太多时间在英语上。

他说："妈妈你知道吗？90分冲到100分要花多少时间和精力？如果80分够我上大学的，我为什么要冲90分、100分？有那个时间我不如学习计算机。"

我们说服不了他，儿子以他的执念让我们妥协了。我想起小学焦老师对我说过的话："这种孩子如果110分够应试，就没必要考150分。"我只能用老师的话宽慰自己，默默地接受了。

高中后两年儿子更加紧张忙碌，每天几乎都在次日凌晨以后上床休息。他要忙自己的功课，保证GPA绩分，拿到IB课程全文凭（欧美大学非常认可IB全文凭），事实上有几位同学毕业时只拿到了单科文凭。他还要参加TOEFL考试。要去香港参加SAT考试。要申请大学。

申请大学

申请国外大学，不找中介机构的学生很少。

成绩优秀的孩子会找中介机构，因为它们对欧美大学颇有研究，了解不同的大学愿意招收什么样的学生，它们会针对孩子的成绩和各科的分数，为其选择一所适合的名牌大学，这样家长就不用烦了，交上一笔钱，放心地交给中介机构就行了。成绩中等的孩子，它们会根据其分数，选择一所相应的大学。对成绩不佳者（这部分学生不在少数），中介机构就要动一番脑子了，要为其包装打造，美化文书。为了兑现承诺，保证把孩子送出去，它们遍地撒网，申请多所学校，这样中签率高，总能触到其中一所。只要把孩子推销出去了，买卖双方的目的就达到了，至于这所学校是不是适合这个孩子，这个孩子是不是适应这所学校，中介机构就不管了，美国大学宽进严出，毕不了业是孩子自己的事。每申请一所大学要另外交一笔费用，这笔费用校方收取，不在中介费里边，这个时候家长不会吝啬，几万、十几万元的中介费都交了，不会在乎这一两万元了，只要能收到大学录取通知书就满意了。其实对于留学，有些家长和孩子是迷茫的，只知道要出去，至于孩子是不是适合出去？孩子想学什么？读什么样的大学？孩子特长在哪？对什么感兴趣？一切都不清楚。

儿子说他要自己申请大学，不找中介公司，他并不是为了省钱，而是认为中介公司做不到他想要的。

申请大学的过程中，最难的一个环节是写文书。文书就是概述申请人是一个什么样的学生。有些孩子的文书很难写，没内容，没特点，没成绩，中介公司要费尽心思去编写，反复修改，去迎合不同的大学。据说招生官看一份文书的时间只有三五分钟，因为申请人太多，文书太多，他们每天要看来自世界各地的大量的文书。所以要在这短短的几分钟内，抓住招生官的眼球，让他眼睛一亮，让他满意。

儿子自己申请大学，这就意味着他要自己写文书。他说："最了解我的是我自己，中介公司并不了解我，不知道我要什么想什么，我的文书他们写不好，他们只是把我推销出去就可以了，至于那所学校是不是我想去的，是不是适合我，他们不管。"

　　儿子有几位朋友，都是计算机圈内的学长，有的还未见过面，只在网上交流，一位在美留学，两位是在校大学生。他把自己的文书初稿写好，请几位学长帮助提意见，然后他再修改。儿子的文书不是没有内容，而是内容太多。学长们告诉他文书的格式，以及招生官最想要看到什么，告诉他分清主次，哪些内容可以写，详写，哪些内容可以略写或者不写。儿子根据学长的意见修改了几遍。

　　除此之外，申请过程还有许多具体工作，比如准备一系列材料，填写大量表格，不清楚的地方要越洋电话沟通等等，如果有中介公司，这些事情儿子是不用费力操心的，但也失去了一次极好的锻炼机会。这些具体事务占用了他大量时间，直到最后与招生官在线面谈。

　　儿子在申请大学截止日期的前一天，把材料全部寄出去了。我说那边学校收到材料的时候都过期了吧。儿子从容地说，以寄出的时间为准。

　　可是看见儿子的同学一个个交给留学中介办理，我心里难免忐忑。儿子没经验，他能行吗？万一申请失败没录取怎么办？他爸说儿子没问题。看见他爸的坚信态度，我放心了些许，"知子莫若父"。我们只知道儿子的申请方向是美国（有些同学申请了加拿大或英国），计算机专业，虽然他没说我们也知道这个专业是他不二的选择。

　　儿子申请大学的时候英语成绩已经出来了，意料之中，他没有骄人的分数。他根据自己的成绩，研究那边的大学，分上中下三个层次，每个层次申请一两所大学，其中一所是保底学校，一所是他的dream school。我问儿子，在众多大学里申请这几所学校是怎么考虑的？他说，选择的大学要在西部，基本不考虑东部，因为西部有微软、亚马逊、苹果、脸书、谷歌这些大公司，方便将来实习；还要考虑大学的费用、专业排名；大学所在地区要相对安全，不能是骚乱频发的州、市；要考虑当地的自然环境、气候；学校师资、硬件要充分，比如地处西雅图的华盛顿大学，计算机专业不错，可是申请的人太多，学校资源有限，最后许多人学不到这个专业只好转学，带来许多麻烦；学校师生比要合理，保证授课质量；男女生比例要合理；伙食要过得去；等等。我觉得儿子想得太周到了，许多方面是我想不到的，我窃喜，他连男女生比例都想到了，我感到儿子已经在规划自己的学业、职业，在规划自己的人生了，心里无比欣慰！

接下来是等待录取通知书的日子。

开始有同学收到录取通知书了，家长群里不时有新的信息，今天这个同学被某所大学录取了，明天又收到另所大学的通知书了，后天又有家长兴高采烈地发红包了……我又开始紧张起来，怎么儿子还没收到录取通知书？儿子是自己申请的大学，中间会不会有纰漏？

儿子淡定地安慰我："妈妈，你知道别人申请了多少大学吗？申请得多当然录取通知书就多啦。"我说："那你为什么不多申请几所大学呢？"儿子说："那是要花钱的，申请多有什么意思呢？我最后还不是就上一所大学嘛。"我觉得他说得有道理，暂时把心放回肚里。

2015年8月，儿子收到了第一份录取通知书——伍斯特理工学院。儿子说那是他的保底学校，只要还有其他学校录取他就不会去，因为这所学校在东部。儿子收到了录取通知书，说明他的申请没问题，我完全信任他了，有了保底学校，我放心了。

接下来的日子里，儿子又陆续收到了大学的录取通知书，但没有他的dream school，最终儿子选择了一所洛杉矶分校，如愿以偿地进入计算机专业学习。

想着儿子九月开学就要离开我们独自远行了，于是趁着暑期，我们一家三口自驾旅游去了山东青岛。可是没想到，在崂山上发生了意外事故，至今想起来心有余悸。回来后整理成文，以此铭记。

索道惊魂

山东崂山，从空中俯视如一只巨鳌，故而也叫鳌山。相传秦始皇登过此山，由八人大轿抬上去，深感费力不易，于是称其为"劳山"。到了民国时期将"劳山"改为"崂山"，取其山势之意。崂山东高西缓，东边悬崖傍海，西部丘陵起伏，山区面积四百四十六平方公里。

崂山还是中国万里海岸线第一高峰，素有"海上第一名山"之称，历代无数文人墨客到此驻足流连，吟诗作赋，古人有云："泰山虽云高，不如东海崂"，可见对崂山之爱。

崂山划五大景区，华楼峰为其中之一。华楼峰是崂山东部的一座石峰，高30余米，由一块块方形岩石鬼斧神工般叠摆而成，宛如一座高楼耸立云端，故称"华楼"。华楼景区诗词字幅最多，书于摩崖嵌于石刻，目前仅存七十多处，五千多个字迹。由此览胜者络绎不绝，游人如织。

现代人登山已不再原始，无须双脚登两手爬，可以不那么辛苦，选择索道，乘坐缆车，无限风光尽收眼底。

华楼景区索道全长1600米，为单循环双座开放式吊椅，就是那种四面通透，只有一个简易遮阳篷的吊椅。单程21分钟。

时值八月，这天太阳并不毒辣，没有感觉炙烤，天空飘着几朵浅色的云，不浓不淡，掩去了如火如荼的酷暑炎热。

我们一路缆车上山，穿峡谷，过险峰。抵达"华山"后再拾级而上，登华峰，览石刻，观美景，拍照留影。这是自儿子上学以后，直到高中毕业，间隔了十多年，一家人难得在一起的一次旅游。一个多小时以后，按照导游的约定，下午两点至索道口乘缆车下山。

上缆车前，颇有安全意识也有恐高症的儿子，抬头看看天色，再打开手机查看天气情况，天气报告无雨。和上山时一样，仍是我和儿子共一台缆车，他爸一人单乘，只是这回他在我们前面一台缆车里，他说可以为我们拍照。

缆车穿行于两座大山之间。举目是崇山峻岭，奇峰异石；脚下是深不可测的峡谷，河流树木灌木草丛，一览无余。一来一去两股索道迎面相会，一边是下山的游客，一边是上山的游人。他爸转过身，手里举着手机兴奋地为我们拍照。

就在我们的缆车走了不到500米的时候，天气一下骤变，老天像是变了个戏法，突然把一团乌云从云层后面拽了出来扣在了整个峡谷之上，没有一点预兆，没有一点前奏，然后拉开闸门，雨水瞬间从天而降，蚕豆大的雨点串成一道道雨鞭抽打下来，劈头盖脸，雨鞭很快连成片，倾盆而下，铺天盖地，缆车里的游客顿时成了落汤鸡。我的眼睛被雨水浇打得睁不开，连个眨眼的间隙都没有，镜片成了水帘，身上全部湿透。耳边传来轰隆隆的雷声，伴随着闪电的炸响声，一阵接一阵，让人不寒而栗。我手搭雨帘觑看儿子，儿子穿了条短裤，白色T恤已经完全浇透吸附在身上，他紧闭双眼，两手紧紧抓住护栏。儿子恐高，他本来就害怕坐缆车，陡峭处都不敢张望。儿子双腿裸露在外，冷得瑟瑟发抖。我一只手紧紧挽住儿子的胳膊，给他一点温暖，给他一点力量。我在心里默念：快点、快点，缆车快点吧，快点把我们送到终点……也许是老天听见了我的心声，决不善罢甘休，我的祈祷还未结束，突然又刮起了大风（后来知道是八级大风），缆车在空中摇晃了起来，我的心也一下提到了空中。大雨在狂风下横扫缆车，缆车在空中随风摇荡，轻得像一只只气球，随时有吹落的危险，我害怕极了！

就在这时听见索道管理处的广播："各位游客，由于天气原因，为了大家的安全，索道暂时停止运行，停止运行。"话音刚落，索道停止不动了。两百多名游客，上自年逾古稀的老人，下至不足三岁的幼童，就这样"被安全"地悬吊在通透的缆车里，任暴雨浇注，狂风肆虐，雷电追逐，自生自灭。此时我们乘坐的缆车走了大约一半行程，悬在两座大山中间，前无逃生之路，后无撤退之处，空前绝后，命悬一线。广播还在继续，一遍又一遍，在我听来那是绝望的声音，似天堂的召唤，是生之阻绝，死之索函。

他爸在前面的缆车里高喊："你们闭上眼睛，抓紧护栏。"我和儿子异口同声："你保护好自己。"我颤抖的胳膊感受到儿子的寒噤，头顶的遮阳布不时地倾下一帘瀑布正好泼在儿子腿上，他颤抖不已，眼睛始终紧闭。我想鼓励他别害怕，可是大风噎住了我的声音，头上身上雨水淙淙，凉入骨髓。缆车在空中荡如秋千，再看脚下是深壑绝壁，掉下去就是粉身碎骨，我心里好害怕，紧紧挽住儿子，他成了我的依靠。儿子感受到了我身体的痉挛，安慰道："只要不构成共振就没关系。"我不能让自己胡思乱想，也想分散儿子的注意力，颤抖着声音问他："什么是共振？"儿子紧闭眼睛低着脑袋，尽量避开雨水，向我解释："只要我们俩的颤抖和缆车的晃动不在同一频率上，形成不了共振，缆车就不容易掉下去，所以不用害怕。"我听了又想笑又想哭，但感觉儿子真是长大了，在这种情况下还能处变不惊，分析科学原理，反而来安慰我，我感到莫大的慰藉。

儿子哆嗦着说："要是有根绳子就好了，我们就可以下去了。"看着雨人般的儿子，我想到了贵州麻岭缆车事件，那个用双臂托起女儿的父亲；我想到了儿子小学课本中的那只老羚羊，那只身临绝境走投无路首跳悬崖的老羚羊……如果真有那一幕，我就效仿那只老羚羊，让儿子踏着我的身体跳下去。

这时有人在缆车里号叫："怎么还不启动啊？"带着哭腔，承受不了这种魂飞魄散的煎熬。

老天对我们的酷刑终于施足，筋疲力尽了，大雨渐渐小了下来，风力也渐渐趋缓，缆车重新启动，但速度没有达到正常。一会儿风又再起，缆车再停，再行，再停，再行，如此反复，走走停停，其间雨水未断，雷鸣不止。慢慢地，走过一段，再一段，又一段，终于看见了索道口！

三十几分钟，半个多小时的历程，恍如走过了一个世纪。

真是天有不测风云，人有旦夕祸福。天下阖家安康者，当珍惜之。

远渡重洋

这天，大脑活跃了一晚上，一直在搜寻还有什么东西落下没有，答案是没有。只有那个充气枕，怎么也找不到。我说买过一个，儿子说没有就算了，不用再买。就这么想着，想他带的所有东西，想他的旅途，想他的一切。不知过了多久，眼睛感觉到黎明的微光，我知道，新的一天开始了。

这一天，2016年9月6日，星期二。对别人来说这是个普普通通的日子，但于我，非同于平常，这天是属于我的、我的家庭的"历史上的今天"。这天是儿子远行的日子。

我轻轻起床，推开门走到阳台上看天气。天气预报显示，一周之内只有这天是多云，最高气温26摄氏度，在这天之前、之后的日子都是大晴天，气温均在30度以上，尽管早已立秋，却不见秋的影子。今天老天爷特别关照，也许是怜悯我的良苦用心，放出了一丝秋意。几天前，为了让十分怕热的儿子不抵触，早早就给他灌输：飞机上空调温度低，晚上易受凉，一定要穿长裤，不能穿短裤，着凉了会感冒，感冒了会引起发烧，发烧了人难受，身边没人照顾……没想到就在这一天，老天爷送给我们一个湿润的秋，屋外下起了绵绵细雨，对面楼顶的瓦片变得清亮干净

不听话的儿子长大了

了，路上行人有的打了伞，有的不避细雨，享受这场久候不遇的甘露。这真是"和风偏应律，细雨不沾衣"，和风应雨，吉祥如意。这场秋雨，平息了多日的燥热。儿子不再坚持，穿上了早已为他准备好的长裤。

上午十点多，他爸开车，我们前往机场为儿子送行。此时善解人意的秋雨已经停了，只留下漂洗过的净朗空气，令人神清气爽。

尽管出门前告诫自己别再唠叨啰唆，但我还是没能做到，一再叮嘱儿子："出门在外，安全第一。健康是首位。学习很重要可不能落下。"

儿子坐在后排，好态度地笑答："哦——"

"还有，人生地不熟的，晚上千万别出门，天黑之前一定要回到住地。万一误闯了不该去的地方那可就危险了。"

"嗯。"

"最好到网上搜一下附近的环境，了解周边情况。有时间再看一下当地的法律，不越雷池一步啊。"

"知道了。"

"我给你发的《留学前辈的26个建议》你看了吗？"

"看了。"

这时他爸说："再看一遍，那些都是忠告。"

"已经看过了……"儿子的耐心快用完了。

趁着父子俩交谈的时候，我眯会儿。

父子俩又在讨论他们热衷的"科学问题"了，中间也穿插父亲的"临行密密语"。我想再帮儿子梳理一遍26条建议：永远别忘了你出国是读书的；如果有同学告诉你学习不重要或者及格就行，请一定不要相信他；学校的一切资源，图书馆的藏书、优秀的同学、优秀的导师资源请务必利用好；图书馆应该是也必须是你最熟悉的地方；做完你该做的事再做你想做的事……汽车已经驶入了机场。

他爸去停车了。儿子开始办理登机手续，托运行李。一切办妥，他爸从停车场回来了。我们仨乘扶梯到二楼，满眼都是餐厅，各种特色的中西餐厅，一间挨着一间，各家餐厅都是门庭若市，服务员忙得不亦乐乎。我们选定了一家中餐厅，在儿子出行前，一家三口共进午餐。儿子吃得津津有味，看着他心满意足的样子，我很欣慰。

他爸提议合影，平日不喜拍照的儿子这次顺从地配合。

儿子要去登机口了，到了我们和儿子分手的时候了，也到了作为父母该松手、该退出的时候了。儿子走进"国际、港澳台入口处"，回转身和我们挥手告别，羞于表达情感的儿子一遍遍地说着"再见，再见"，手举在空中好一阵子没放下，那一瞬间我感觉时间好长，第一次见儿子这样，我的眼睛突然模糊了。我们让儿子进去，看着他的背影消失在门道里我们才离开。

这一天，我不住地祈祷，想时间、看时间。

下午两点，儿子该登机了吧。下午三点，飞机起飞了吧。我在心里算计着儿子的旅途。有人说可以下载"航班管家"，在手机上就能看到航班的整个行程状态，比如飞机何时起飞的？此时飞到了哪里？在空中哪个位置？何时到达？我没有下载，因为不敢看，尽管十分想知道，就像一个外科大夫不敢给自己的亲人做手术一样，心理紧张。后来他爸下载了给我看，然后把链接转给了我，但还是只看文字信息，那种直观、即时，飞机高高悬挂于天际的画面我还是不敢看。

我在手机上点开"世界时钟",加载"洛杉矶",可以即时看到当地时间,比北京时间晚15个小时。儿子乘坐的航班将会在当地时间六日中午十二点抵达机场。

这一天,北京时间的夜里,我躺在床上不住地看手机,期待儿子的平安电话。此时洛杉矶是早上六点,上午八点,中午十一点……我终于熬不住打了个盹儿,醒来一看,已经是当地时间十二点多了。我没接到儿子的电话,再看微信,儿子已经发来信息"到达了"。也许是他办的当地电话卡有点问题,不然会来电话的。我查看航班,十二点五分到达,几乎准点。儿子平安到达目的地!在亲友的祝福下,平安到达了!我的一颗心放下了。

我没有与儿子通话,他应该忙着下飞机,取行李,出关,出机场,一大堆事情要办。

我的思绪回到了家里。从这一天开始,我要面对没有儿子在身边的日子。

早上起来,再也不用闹钟报时,赶紧地为儿子准备早餐,给他盛出来放凉;再也不用催促他"快点快点"叫他去上课,担心他迟到;再也不用每天出门时对他"路上注意安全"地叮嘱;耳边不再有"哗啦哗啦"的键盘声,那声音从他房间里传出来,近似麻将的洗牌声;晚上再也不用催他早点睡觉、快点睡觉,担心他睡眠不足而焦虑。当然,每天下班回家,也听不见儿子在房间里亲切的招呼声:"妈妈回来了!"出门办事、行车路线再也没有儿子的指挥若定,告诉我们尤其是指引我,哪条路线最便捷,乘坐地铁哪节车厢最省时最高效。当电脑出现问题、手机有了故障时,也不可能那么方便地交给儿子,一切就OK了。这不，此时此刻我在码字中，电脑又跳出陌生的界面，一个还没看懂，又跳出一个，再跳出一个，让我没法工作。我只好拍下来传给儿子，他一一指点，解决问题。我对他说："儿子，你走到天涯海角妈也离不开你，只要电子产品存在。"我送他一个幸福的"笑脸"，他回我一个"无语"的表情。有什么新的软件开发了，他催我使用，逼我跟上时代，甚至超越时代，尽管常常令我窘迫，让我困惑，但我心里是喜悦的。当我走在街上看见美食时，不用再下车带上一份给我心爱的儿子……儿子，你下飞机吃过午饭了吗？我在想。

儿子在身边时，我的心在身体里，从这一天开始，儿子飞走了，我的心也随之而去，儿子就像一只风筝，飞得很高很远，但有根线始终牵挂着他，这根线放飞他在追逐理想的蓝天里自由翱翔。

就在动身的前一天，他告诉我们，要去看望小学的几位老师，几位喜爱他欣赏他的老师，去和他们道别。其中一位是陆老师，陆老师在国内高考结束后发来信息问我："成诚：大学定了吗？"令我们感动不已，分别六年，老师还惦记着他，记得他这年要考大学了。儿子没有忘记喜爱他的焦老师，带他参加计算机竞赛的许老师，没有忘记小升初时专门去为学生看榜，关心他们摇上号了没有的英语贺老师……这所实验小学校园不大，六个年级分了三个学区，每个学区两个年级，儿子跑了几个地方去看望他感念的老师。

还有高中三年，他对我们津津乐道的IB课程的外籍老师：来自英国的前后两位物理老师；来自台湾、上课只讲英语、令所有同学都喜爱的美女数学老师；来自加拿大的

TOK老师；以及他最喜爱的来自印度的化学老师，这位老师临别时送他一柄长剑，金属制作，剑刃未开，手柄处雕刻了一个精致漂亮的蛇首，握在手里恰到好处，剑入鞘后就成了手仗，这是老师的心爱之物，作为礼物送给了他。还有年轻的中方国老师，国老师深知他的偏爱，对他做最低要求，老师的善待儿子心知肚明。

儿子终于长大了。

从这天开始，他要一个人去独闯世界，一个人去面对社会，面对生活，面对各种挑战。这一天，儿子真正迈开了成人的第一步。

他登机后给我发来微信："我把朋友圈对你和爸爸开放了。"之前他的朋友圈一直是对我们关闭的。他爸笑道："儿子'开恩'了，我们可以看到他的朋友圈了。"朋友圈里我们看到了他在飞机上传出的照片，每个人都分发了枕头和毯子。意思是告诉我，充气枕没带不用担心了。但我想到那两只大大的箱子，心里还是往下沉。两只箱子都撑满了，还有一点超重，所幸托运时并没有要求开箱减负，顺利通过了。儿子原先说不会带太多的东西，带上必需品就行，一大一小两只箱子就够了，再说还有背包呢。所谓"必需的"多是依据前辈的经验，要带哪些东西、哪些东西可以在国外买。我列了一张清单为他一一准备。可是儿子并不迷信前辈，他对自己需要什么、要带些什么很清楚。儿子的特点是不轻信，他要依据，比如他信论文，那些发表了的、自然科学领域的研究论文，他阅读了大量论文，我有理由相信，进入高中以后，他的英语水平的快速提高与他阅读论文和外文资料密切相关，他觉得论文有科学依据。他到网上去搜，发现他要的东西在当地并不便宜，还相当贵，他比较了产品质量和价格，觉得还是国内的性价比更高，于是决定在国内买了带出去。儿子有这种节俭意识我很赞赏，当然支持。结果他买了一个工具箱，里面有电钻、有烙铁等，还买了一个大大的电脑支架，还有打气筒什么的。我说你带这么多工具不像是去读书倒像是去做工的嘛。他说这些都是专业上用得上的，再说工程师就是工人嘛。他以工程师自诩。结果一大一小两只箱子装不下了，急急忙忙又去商场买了一只大号的回来。就因为这个工具箱，在机场过安检时被人查问了，人说你去读书带电钻干吗？他说专业课需要，安检人员让他过关了。

儿子提前了几天过去，他要有时间做入学前的准备，比如办当地银行借记卡。他让我们把入学所需费用打入他的借记卡里，由他交到学校，这样比我们直接汇款到学校更划算，手续费要少得多。他还要为自己选购电脑等学习用品，到时可以寄到学校，开学就能用。

他在洛杉矶停留了几天。洛杉矶距学校所在地还有一个小时的车程，他说打车过去价格太高，他选择乘火车，所以在国内就在网上预订了一家离火车站很近的民宿。

我想象他下了飞机，拖着两只沉重的大箱子，身上还背了一只几公斤重的双肩包，上车下车的情形。许多东西他选择了在国内采购，经济实惠，我很欣赏，欣赏他的精算，欣赏他的独立，欣赏他不畏困难。

他从机场打了个Uber到民宿。房东是一家面包店主，白天做生意不在家，钥匙放在一个隐秘的地方，租住者自己取。儿子看到网上对他们的评价很好，就选了这家。这是一对西班牙夫妇，不会说英语，只能手书和儿子交流。

儿子抵达住地后，放下行李就出门去办事了。

这时我接到了他的第一个越洋电话。他让我用手机拍下他的I20签证，然后发原图给他。原来他去了最近的一家CHASE银行办借记卡，但"最近"离他的住处也不近。他只带了护照过去，并不知道还需要I20，可是银行必须这两证齐全才给办理。他和工作人员商量，有什么办法能让他少跑一趟。沟通的结果是，只要能看到I20的图片就给他办。儿子在出行前将他的护照和这份签证文件复印了一套留在家里，他让我拍下来用手机发给他。银行柜员看到手机上的图片真给他办了。儿子事后在朋友圈里感慨道："不得不说CHASE今天的服务我觉得很满意。极其熟悉业务，帮客户出主意，在守规矩的同时做到变通，内容解释详细到位。总体感觉比较良心。"CHASE的"良心"让儿子免去了一趟辛苦。

借记卡办好了，他拍下照片给我看。那是一张蓝色的卡片，一只手的拇指遮住了卡号后面的大串数字，他说过网络容易泄密。我看了想笑，儿子的警惕性还蛮高。他还拍了CHASE的远景给我看，满足我的好奇心。

照片上天色渐暗，我让他赶紧回住地，早点休息，调整时差。

这天儿子很辛苦，九月六日下午从南京出发，经过12小时的飞行，于当地时间九月六日中午抵达。到达后立即去银行办理借记卡。

从这一天起，儿子开始了他的海外生活，开启了他的人生新篇章。

我以一位北大女生写的诗，做这篇文章的结尾："不求孩子完美/不用替我争脸/更不用帮我养老/只要这个生命健康存在/在这个美丽的世界上走一遍/让父母有机会与他

（她）同行一段……照顾和退出都是父母在孩子身上必须完成的任务。"

大学期间

"志之所趋，无远弗届，穷山距海，不能限也。"

2016年9月，儿子飞抵大西洋彼岸，顺利入学。

儿子带了两门IB课程的成绩入学。不久传来儿子的消息，他在即将开学前，预约了计算机课程的考试，如果考试通过，本学期计算机课可以免修，同时拿到4个学分。开学第一天，考试如期进行。我得到的消息是，他考试顺利通过，并获得高等第A。我为儿子高兴，同时感慨学校的灵活机制，省去了不必要花的时间，可以让学生把精力放在学习其他课程上，既人性又科学。

有新生进来就有老生毕业。学校的一个实验室需要补充生源，主要面向大四学生和研究生。儿子对此有兴趣，于是报了名。

他给我们发来信息。

儿子：我也是研究员了。

爸爸：好呀！（笑脸）啥领域研究员呢？

我：计算机？

儿子：学校的一个节能实验室。具体领域不明。计算机、电子都要。我手上第一个项目是有关物联网、无线电通信的。其利用不需要特批执照的频段以及便宜的音频发射机实现物联网通信。我们做项目时有导师。项目主体大多是研究生，还有一些大四的学生。是一种学术活动，有学分。我刚刚过了面试。没有证书，要填一堆表格。成绩单上会写。如果出论文会有名字。

儿子出国前考取了无线电证书，这位导师也有，导师不知道他拿到了证书，问他有没听说过，结果儿子和他就这个话题谈了好长时间。

由于是正规面试，儿子穿了西装。导师和儿子聊得很欢，当即决定录用，原定十分钟的面试，结果谈了一个多小时。这个实验室团队总共三十五人，其中五人为核心成员，儿子成为其中之一。他在团队中年龄最小。

作为一名大一新生，能够顺利通过考试，和学长们共学共进，成为实验室的一名研究人员，我为儿子高兴。

导师还给了他一张名片，带他参观实验室，看实验室的器材，告诉他怎么用，临走时还送了他一些带回去研究。

儿子劲头十足，"说不定可以学到FPGA"（Field — Programmable Gate Array）即现场可编程门阵列。儿子好学，这样的导师，这样的环境他是喜欢的。

儿子选择了他喜爱而擅长的专业，来到了他自己选择的学校，如鱼得水，精神状态非常好。许多大学在周末都有各种社团活动，哪有计算机社团在活动他就奔去哪里，甚至乘坐火车过去。有些活动并非学校组织的，是一些公司在校园内举办的活动，不分校内外学生都可以参加，有吃有喝，有便餐，还有文化用品或者文化衫领取。儿子周末不闲着，经常参加这类活动，学习、交流，获得信息，获得知识，对他的专业学习大有裨益。

寒假儿子没回来，他说来回机票不便宜，不如利用这个时间到其他地方走走看看。我们觉得挺好，读万卷书行万里路，长见识，开眼界。儿子去到东部，沿途去过博物馆、美术馆，其中有一家消防器材展览馆，儿子发回照片给我们看，展览从过去到现代的各种消防器材，可一览美国消防发展史。

大一的学习结束了，儿子暑假回来了。他们暑假三个月，六月下旬至九月下旬。一年时间没见到儿子，儿子"壮实"了，美国的各种酱料快餐催大了儿子。我心里唏嘘，儿子在外吃不到可口的饭菜，住在学生宿舍，也没地方可以做中国美食，只能跟着当地人吃些中国人吃不惯的食物，有些还是垃圾食品。

他爸问儿子，暑期有何打算？想不想去实习？儿子说好。他爸有一位老朋友，是南方一所著名大学的博导，在校领导了一个实验室，他爸有意让儿子去那里实习。这位导师非常赞同我们的想法，说孩子不能放假就放羊了。一年不见的儿子刚回来又要远行，我心有不舍，但想到他现在正是人生中最佳的学习时段，这么好的机会应该支持他鼓励他。

儿子自七月一日至八月三十一日，整整两个月时间在实验室里实习，中间一次没回家，晚上、周末经常加班，我们不想影响他，也没过去看他。儿子刚到学校不久给我们打来电话，兴奋地说："学到好多东西啊，原先没搞懂的一些知识点，这次弄通了。"我们听了高兴，从心里感谢这位导师！

儿子实习回来，正好赶上外地一个计算机比赛，他和一起留学的一位同学两人组队报名参加，经过连续36小时的奋战，获得了一等奖，并赢得了一台苹果笔记本电脑和一架大疆无人机。

儿子大学四年，只有大一、大二两个暑假回来过，我们都有工作，不方便过去看他。儿子没有把回家放在第一位，他酝酿大三暑假要实习。这个时间的实习很重要，可以积累经验，为将来就职打下基础。他安排好学习计划，预计提前毕业，但又不能提前太多，要保证大三暑期还是在校生。儿子选择了几家大公司，其中一家世界知名企业，全球每年有数万名申请实习者，这些人当中不乏硕士、博士研究生，而能够得到实习机会的不足4%，需要提前预约，递交材料，接受选择。儿子提前半年递交了申请。

2019年4月初的一天，儿子发来信息，告知我们拿到了实习通知书，他决定去这家位于硅谷的公司，他当初选择西部大学时"方便将来实习"的愿望终于实现。听到这个消息我们高兴极了，为儿子能得到这么好的学习机会。

我问儿子实习的地方距离学校有多远，他说六百多公里。这可不近啊。

"那到时候你怎么过去呢？"

"开车呀。"

开车？这么远的距离像他爸这样的老司机至少也要六个多小时，儿子才拿到驾照几个月，平时也就在住处和学校之间往返，顶多去趟超市，缺乏足够的长途驾驶经验，一个读大三的孩子，一人单独驾车去数百公里外的地方。我的担心一下超过了得到消息时的喜悦。

万一路上汽车抛锚怎么办？轮胎炸了怎么办？儿子会修吗？他会换轮胎吗？他应该没换过，要是耽误的时间长了天黑了怎么办？那可是地广人稀的地方，人生地不熟的，找个拖车的人都难。我越想越害怕，越害怕越不放心。

我跟儿子说，不开车行吗？乘车去。我不敢说出我的顾虑，我怕增加他的紧张，儿子毕竟第一次单独开车出远门跑长途。他说那不方便的，要搬"家"过去呢，好些东西要带。那能不能找个同伴一起走？我希望他有个旅伴，相互有个照应，遇事有人商量。可是儿子说周围好像没人和他去一个地方实习。我的企望没能实现，只能寄希望于儿子自己了。

我开始每天在心里翻着日历，数着儿子考试的日子，我知道考试一结束他就要动身了。时间一天天过去，考试一天天接近，我的担心一天天加重。终于进入到六月中旬，儿子要考试了。我有好多话要对儿子说，要叮嘱他，要提醒他。等他考试一结束就说，不然他就动身了，有些话必须在他动身之前讲。

这天考试应该结束了。

因为与儿子有时差，也不知道他接电话是否方便，所以一般情况下我们都是通过微信交流。

我在我们仨的"三人行"群里给儿子发信息。

六月十四日周五。我给儿子发信息："儿子，考试结束了吧？就要动身了，抓紧时间去理发好吗？打理一下自己，第一印象很重要！"我知道儿子有段时间没理发了。

我顾不上等他回答继续讲："另外再跟你说，第一，路上开车一定注意安全！事先查好路线，哪里有加油站？在哪里休息？中途一定要休息，不能疲劳驾驶！动身之前加好油。第二，到了实习的地方，与人交流探讨问题，注意语气态度。多虚心学习，都是你的老师。本来想打电话，感觉你的时间很紧，可能还有一些准备工作要做，就不打扰你了。"

儿子回我："考试结束了，还有一个多礼拜才走。"

我："时间从容就更好了，安排时间去理发哈。"

他爸出差在外发自机场："注意安全！"

儿子："嗯。"

我："推迟了一周更好，时间从容一点。一定规划好路线，看好加油点啊，安全第一！"

儿子："嗯嗯。"

六月十五日周六。我发信息给儿子："今天在做准备工作了吗？"

儿子："在做，在规划路线了。"

我："OK，儿子你没开过长途车，一个人驾驶会很疲劳的，中途一定要休息，至少休息两到三次哈。白天行驶，别走夜路！！！注意看油箱，油快没了要提前加好油。路途不近啊，很远的。"

六月十六日周日。他爸出差回来了，我们与儿子视频。仍然是再三叮嘱他开车小心，注意安全，中途一定要休息。爸爸还告诉他一个小经验，开车时间长了车内缺氧容易疲劳，可以不时地打开左右两边的窗户让空气对流，输入氧气，人会感觉精神，不容易打瞌睡。

视频结束后，我突然想到除了驾车要注意安全外，还要注意旅途中的人身安全，于是再发信息："儿子，路上遇到有人要搭车你不能停车啊！你不了解对方。"

儿子回复："我知道。"

吃过午饭躺在床上，脑子里尽想着儿子，睡不着，又想到一件事，赶紧发信息，担心忘了："儿子，我觉得你不要太晚过去，要给自己留两三天休整的时间，还要整理一下房间，熟悉一下周边环境，如果需要添置些什么东西还要去置办，你说呢？所以要抓紧时间去理发，别再拖延。"

下午在厨房洗菜，突然又想到一件事，再发信息："儿子，那天早上动身之前先检查一下汽车哈，看看汽车的状态是不是正常，比如说轮胎的气是不是足，汽车里边的各种仪表是不是正常，都要看一下。现在就要观察一下。记得把水带上。"

儿子："嗯。都要观察的。我还要等学校给我张表。"

我："是这次考试的成绩吗？"

儿子："是工作许可表。"

我："那么你自己抓紧去学校取可以吗？自己的事自己要抓紧，别人不会想到那么多，更不知道你的时间。自己主动一点。"

儿子："不，要等学校通知的。"

爸爸："那学校知道你的时间吗？"

儿子："知道啊。"

我："如果他们最后一天才给你呢？所以儿子你之前就要做好准备，通知一到就可以动身了。可不能等到通知来了你再准备啊，也不知道哪天通知你呢。"

儿子："他们有规定的，五个工作日。周四会给我。"

我："那你最晚周五动身了，之前做好一切准备！"儿子周一上班。

六月二十日周四。我发信息给儿子："去过理发店了吗？"

儿子："还没，才把行李整差不多。"

周五儿子没动身。

六月二十二日周六。这天儿子启程，爸爸再与儿子通话，告知他一些注意事项，并建议他一大早动身，这样大概午后一两点钟就到了。中途要休息。我在边上附和道：

一大早动身路上从容，不用开夜车。我还是担心万一汽车出故障，耽误了时间，夜里开车不安全。

通话结束后爸爸再发一条信息："妈妈和我都觉得你要早点动身。"

儿子回复："可是我真的觉得早动身不舒服，那个点我会醒不来。"已经成了夜猫子的儿子不能早起，我们不再勉强，不然打乱他的生物钟他不适应反而不安全。

爸爸："好的，依你自己感觉吧。注意开夜车不安全哈。"

我一整天啥事也不想干，没心思，心里惦记儿子，算计着儿子那边的时间，他和我们相差九个小时。想着他该起床了，该动身了。这时候我们没有发信息给他，不想让他感觉我们在催促他，在记挂他，让他轻松驾驶，没有心理负担。

夜里零点多，望着漆黑的天花板就是睡不着。

六月二十三日周日。爸爸一早醒来给儿子发了一条信息："到达目的地后告诉我们位置哈。"

一个多小时后，北京时间八点九分，儿子发来信息："安全到达。"并发了位置图。他那边当地时间是周六下午五点，大约开了八个小时。他爸说正常。

他高兴地回复："儿子辛苦了，好棒！"竖起了两个大大的拇指。

与此同时我发信息："辛苦了儿子！"三个拇指三朵花，一张大大的轻松的笑脸。

这次长途远行对儿子的驾车技术是一次提高，对他的心理素质更是一次考验，儿子的人生经验又丰富了一层，我从心里为儿子高兴。

儿子说中途休息了两次。问他累不累，他说不累。我们很有兴趣看看公司分派给他的房间，让他拍张照片给我们看。一间小小的房间，干净整洁，床上用品像酒店一样铺好，一应俱全，还有一个可爱的抱枕，一个衣柜，一套工作制服平整地叠放在桌上，露出工牌吊绳的一角。

六月二十四日周一。这天一大早我空腹到医院体检。做完几项检查后到楼下餐厅用餐，一边用着早餐一边想着儿子，他那边该是周日下午五点多，次日就要上班了。突然想到有句话要交代儿子，忙放下手里的烧饼发信息："儿子你带了衬衫吗？（他平时都穿T恤，万一没带这时候还来得及去商场）第一次见工是不是要正式一点？或者带领子的T恤也行。和人打招呼的时候声音大一点，自信一点。"然后是一张笑脸，我心里在笑，儿子从小自信，我只是担心他第一次见陌生人不好意思，声音小了。

儿子马上回复："人家专门发了第一次穿的T恤。"

哈哈我真是多虑了，人家想得比我周到。我再问："那尺码对吗？"

儿子："对的，填了尺码发货的。"

我放心了。再提醒一句："儿子，上班可不能迟到啊，把闹钟调好给自己足够的时间准备好。一般应该提前十分钟到。"

儿子没搭理我。我自嘲地笑了，笑自己太唠叨。

后来知道他们工作时间随意，没有严格的作息制度。

真是儿行千里母担忧，"无奈忧心，暗随流水到天涯"。

八十多天的实习结束了。

毕业入职

实习结束前，如果有意在本公司工作，需要经过面试。面试官是几位在职前辈，并没有专职面试官，这些人当中有和儿子一起共过事的人，有接触过他的人，有陌生人。面试的经过大致是上机操作（儿子没细说）。结束后几位面试官各自给出评判，评判分几个档次，比如"迫切需要""需要""可要可不要""不需要"等，是否通过面试儿子是不清楚的，他只是履行了入职前的一道程序。可以这么说，所有实习者都有意留在这里工作，但不是所有人都能通过最后的面试。

儿子回到了学校，继续大四的学业。不久，该公司通知他被正式录用。

我想起朱光潜先生说过的一句话："任何科目，只要和你兴趣资禀相近，都可以发挥你的聪明才力，都可以使你效用于社会。"儿子能以一己之长效用社会，我们感到无比高兴。

2020年3月，儿子提前毕业，结束了四年的本科学习。

此时距离他入职还有两个月时间，儿子本可以回来看我们。可是未曾想到一场疫情突然来临，阻隔了中美之间的交通往来，我们只能通过视频，聊解相思之念。

2020年孟夏，儿子正式入职，成为公司的一员。那里是他从小向往的地方，他小学四年级时就对他爸说过。儿子一直使用它的产品，搜集它的LOGO，追捧它的文化衫，那里是他梦开始的地方，如今圆了他儿时的梦。

　　不听话的儿子长大了，脱离了父母的羽翼，独自面对生活，面对世界。我们希望儿子更加努力，更加自信地走向未来。

　　祝福儿子平安，健康，快乐！

写在后面的话

❧

　《不听话的儿子长大了》到此搁笔。回首反思，儿子
不听话除了主客观因素外，还有一个原因是他不惧老师。
他因为从小好问好学，知道的东西可能比同龄孩子多一些，
再经过他稚气的大脑转换，稚嫩地表达出来，别人觉得很
有趣。儿子幼儿园三年都是我下了班去接他，别的小朋友
早早地被爷爷奶奶接走了，我每次去到他班上教室里只有
零星几个孩子。儿子经常不在教室，老师笑着说又被哪个
老师带走了，或者别的班的老师来到班上逗他玩。有一个
画面我印象深刻，一次我走进教室，只见他两腿跨在一位
老师的膝盖上面对面地和老师"触"膝交谈。老师们喜欢
他，说他"什么都懂"。那时候儿子还小，淘气的一面没表
现出来，老师看到的是他有趣的一面，他与老师的距离拉
近了。或许幼儿园三年给了他一个印象，老师是可爱的，
可亲的，老师是不可怕的。

　儿子不畏老师，但他喜爱、尊重爱他的老师，哪怕严
厉批评他的老师。

　这本书是一个过来人的体会和教训，旨在给当下的父
母一点启发：不要逼迫孩子成为学霸，重要的是发现孩子
的兴趣，这也许就是他的天赋所在。鼓励并支持他，让孩

子成为他想成为的人。这个天赋也许并不在课堂、学校里显现，而在他的业余时间，"你的空闲时间，决定了你的人生高度。"给孩子一点空闲时间。

　　每个孩子就像不同的叶片长在不同的树上，会在自己的环境里生根发芽，长大成材，或成高大的梧桐，或为柔媚的杨柳，或是舒朗的悬铃，或且挺拔的白杨……各自绽放春之绿，夏之浓，秋之韵，冬之酷。

2020年9月

不听话的儿子长大了